王家の秘《ひめ》事《ごと》

Yue Natsui
夏井由依

Honey Novel

Illustration

幸村佳苗

CONTENTS

序章

「し、ず、か、に」

子供たちが騒ぎだす気配を感じ取ったファティは、小舟の舳先《へさき》から首をねじって振り返り、声をひそめて注意した。

視線の先にいるのは三人の子供だった。汗と泥で汚れているものの、どの顔も楽しげに輝いている。その後ろには、みんなから「爺《じい》」と呼ばれている白い髭《ひげ》を生やした老人が短い櫂《かい》を握り、座っていた。

「だって、お姉ちゃん……」

「だって、じゃないの」

三人のうち真ん中にいた少女がクスクス笑うのを鋭く遮ると、ファティは手にしている鉤《かぎ》型《がた》の棒の先を向け、反論を許さず子供たちをひとりひとり見つめた。

「静かにしていないと、逃げられるでしょう?」

「はーい」

少女が口元に両手を当てると、両脇にいた少女と少年もそれを真似《まね》た。

「よろしい」

重々しく頷いて、ファティは視線を顔ごと前方に戻した。

小舟は爺の繰る櫂によって、丈高い葦《あし》をかき分けそっと進む。揺れる舟がかすかな波を立て、ちゃぷ、ちゃぷ、と水音が続いた。

この時季、大河《ハピ》は少しずつ水嵩《みずかさ》を増しているのだろうが、見た目にはわからない。黒ずんだ深い青色の水面に重なり合う葦の影が落ち、ときおりキラッと鱗《うろこ》を輝かせて小魚が過ぎていく。

しかし狙《ねら》いは魚ではない。

ファティは棒を握る手に力を込める。

王族や貴族などが水辺での遊びに用いるものを模して、爺に作ってもらったものだ。ゆるく肘《ひじ》を曲げた腕の長さと同じくらいで、厚みはない。端に布を巻いて重りにしているから、投げるとクルクル回って遠くまで飛んでいく。

「……必ず仕留めるわ……」

密生する葦が途切れたあたり差しかかり、ファティは不敵に笑った。

背後の少女もひそめた声で笑う。

「お姉ちゃん、前もそう言った」

「手ぶらで帰ったときのことよね」

「そうそう」

「……もう！　黙ってて！」

思わず声を荒らげて振り返るのと同時に、バサ、バサッと重い布を振るうような音と、甲高い鳴き声が重なった。ハッとして横手に目をやれば、群生する水鳥たちが小さないくつもの影になり、中空に飛び立っていくところだった。

気配を察して逃げた、というより、ファティの声が原因だったのだろう。

あーあ、と声を上げる少女たちの視線が背に刺さる。

「ま、まだ間に合う……！」

ファティは片膝《かたひざ》を立てて中腰になると、握った棒を振りかぶって投げつけた。

風を切る鋭い音が鳴り、回転しながら棒が空を割く――が、その軌道を最後まで目にすることなく、急な動きのせいで大きく傾いだ小舟の上で身体《からだ》の均衡が崩れた。

「お姉ちゃん！」

少女たちが悲鳴を上げたが、それより大きな水音を立て、ファティは頭から水に落ちた。

流れがほとんどなく灰色に濁っている水中は、場所によっては深さもある。そこにちょうどはまったらしい。足がつかず、一瞬、恐怖した。

漂う葦が、捕まえようとするように黒い影を揺らす。

だが幼い頃からの水練のたまもので、身体は勝手に反応していた。ファティは頭を上にして両手で水をかき、すぐに浮上する。

小舟の影を避けて明るい水面から顔を出すと、子供たちの歓声が耳を打った。

手を差し伸べながら、爺が真っ黒に日焼けした顔を歪《ゆが》めて見下ろしてきた。

「嬢様、怪我《けが》は？」

「平気。それより鳥は？　獲《と》れた？」

小舟の縁に両手でつかまり、ファティはハッと背後を振り返る。ゆるく編んでひとつに束《たば》ねていた髪がほどけて、水滴を弾《はじ》いた。

「お姉ちゃん、全部、逃げちゃったよ」

「当たらなかったし」

「ええー？」

がっかりと肩を落とすと、手を差し出したままの爺が笑った。

「あの棒は後で探して、見つからなかったらまた作りますよ。さ、手を」

「ううん、いいわ」

頬《ほお》にペタリと貼《は》りついた髪を指先で直しながら、子供たちに目を向ける。

「あの子たちまで落ちたらかわいそうだし、このまま押していくね」

爺は白い眉をひそめて気に入らないということを示したが、なにも言わず腰を戻して櫂を両手で握った。

水中には危険な生き物もいるが、渡し場はすぐそこだ。だいじょうぶだろう、とファティは身体を水平にして水を蹴《け》った。

「――おぉい！」

そのとき、飛んでいった水鳥が潜《ひそ》んでいたあたりから、声が上がった。

漁師だろうか？　以前、遊び場にされては困りますよ、と注意されたことを思い出して、身が縮む。

「じ、爺、はやく行こう！」

押した途端、焦ったせいで手が滑った。ぬるつく小舟の縁から指が離れ、声を上げる間もなくまたガボッと沈む。

反射的にバタつかせた足に、水中に漂う葦が触れ、絡みついた。水面はすぐそこだ、落ち着いて、落ち着いて――頭ではわかっている。だがゴボッと口から泡が出て息苦しくなると、それどころではなくなった。

明るいほうに向かって手を伸ばす。すぐに小舟の底らしい影が差した。そこに重なって人の形がうっすらと見えたかと思うと、水中に腕が潜《もぐ》り込んで、伸ばしたファティの手を力強く握ってきた。痛い、と感じる間もなく引き上げられる。

水面に出た途端、鼻から吸い込んだ息に水が混じった。ファティは咳《せ》き込《こ》みながら、それでも水中に戻らないよう腕をつかむ手にすがりついて、顔を上げた。

「ありが、と、爺……？」

「――爺？」

笑いを含んだ低い声。

小舟の上にある逆光で陰った輪郭は、強烈な日射《ひざ》しでしなびたような爺とは違っていた。

二十をいくつか超えた青年だ。

被《かぶ》った日除《ひよ》けの布の下にある褐色の顔は、繊細で端整なものだった。ふっくらとした大きめの唇、高く形のいい鼻。黒々とした目を縁どる化粧は、細くスッと眦《まなじり》まで引かれている。

「……」

どなた？　という言葉は声にならなかった。

ぽかんとしているうち手が伸ばされ、濡《ぬ》れて肌に貼りついていた髪を指先で払われる。

心持ち明るくなった視線の先で、描かれた女神のように美しいその顔がほころんだ。

「水辺で遊ぶ少年かと思ったが。引き上げてみればハピ神の娘だとは驚いた」

青年はそう言いながら、髪を払ってくれた手をそのままファティの肩に滑らせ、腕をつかむ手と合わせてグイと引き寄せた。

「えっ」

「嬢様！」

思わず声を上げたとき、水音を立てて小舟が寄せられ、爺の声が水辺に響いた。

「嬢様、こちらに！」

爺と子供たちを乗せた小舟が近づく。しかし勢いがありすぎたのか、その舳先がまっすぐに向かってくる。子供たちの金切り声とともに。

「——引き上げるぞ！」

さらに身を乗り出した青年が、ファティの上半身を半ば抱えるようにして持ち上げた。ザバッ、と大きな水音を立て濡れた身体が引き上げられるのと、小舟がその背後を通り過ぎるのは同時だった。

「……っ！」

目まぐるしく映るものが変わり、とっさにギュッと瞼《まぶた》を閉じる。そのまま投げ出されるように倒れると、全身が硬いものにぶつかった。

痛みに襲われ、息が詰まる。ひどく揺れる小舟の上で、う、う、と呻《うめ》きながら身をよじると、自分の下にあったひどく熱いものも動いた。

「……」

ファティは恐る恐る目を開け、そのまま硬直した。

小舟に引き上げてくれた青年の身体が、自分の下にあった。

窮屈な小舟の中、ふたりは横になり、向かい合う形でぴったりと密着していた。

「怪我は？」

「……っ！」

声をかけられて我に返り、反射的に仰《の》け反《ぞ》ったが、背中がなにかに固定されていて離れない。太い腕が腰に回され、しっかりと抱きとめられている。

うろたえながら視線を向けると、真下にある青年の顔は、受け止めた衝撃のせいかわずかに歪められていたが、艶《つや》のある黒い双眸《そうぼう》は愉快そうにきらめいていた。

「痛いところはないか？」

かすれた声で問われ、ファティはこくりと頷いた。

濡れた髪の先から水が滴り、ポタリ、ポタリとずっと青年の上に落ちている。そのきらめきが褐色をした肌の上を伝うのを、放心して見つめた。

頬、顎《あご》、太い首、筋肉のくぼみがはっきりわかる、厚みのある肩……。

むき出しのたくましい胸元に当てた手のひらに、ドクドクと脈打つ鼓動が伝わってくる。

――この人の、心臓。

顔が火照り、濡れた肌も乾いてしまうのではないかと思うほど、一気に全身まで熱くなった。

「無事でなによりだ」

「は、はい……っ」

黒い双眸を細めて微笑《ほほえ》む青年の視線に耐えられず、ファティはぎゅっと目を閉じた。

一章

王都の北にあるマドュの町には、いくつかの小神殿が固まって建てられている。

そのひとつ、ハルゥ神を奉る神殿は高台の端にあったので、見晴らしがよかった。

白い岩肌に挟まれ悠々と流れる大河や、細長く続いていく耕作地や溜《た》め池《いけ》のきらめきも、緑濃い木々に囲まれた集落も一望できる。

神殿には三十人ほどの神官たちが勤め、それを束ねるのがファティの母ナルムティだった。

神官長の特権として神殿に隣接した専用の館を与えられていて、ファティはそこで起居している。

そして、その一室――。

「……それでおまえは、濡れて戻ってきたのですか」

「はい」

青年の小舟で渡し場まで送ってもらったファティは、すぐに追いついた爺や子供たちに囲まれるようにして家に戻った。

日射しのせいで服はすぐに乾くほどだったが、胸元まである黒髪は、着替えたいまもしっとりと濡れている。

解いたままのその髪を指に絡めながら、ファティは上目遣いに母を見た。

ナルムティは顎の線で切り揃《そろ》えた髪も黒々とし、目尻《めじり》まで差した化粧墨の映える美しい顔をしている。背筋の伸びた立ち姿は若々しく、それでいて神官長としての威厳にも満ちていた。

母は忙しい合間になぜ館にいたのか、とファティは苦く思う。バタバタと慌ただしく戻ってきた途端、気づかれた。

着替えが済んだら来なさい、と呼びつけられ、植物で拵《こしら》えた家具に囲まれた部屋で立たされている。

「子供たちの面倒をみることはよろしいでしょうが……」

ナルムティは内心を窺《うかが》わせることのない、いつもの平坦な声音で言った。

「おまえはいくつになったのです？」

「……十六になりました」

「十六ならば、家の女主人として采配を振ってもおかしくない歳《とし》です。事実、わたしがおまえの姉を産んだのも十六でした」

一瞬、言葉を切って目を伏せたナルムティは、しかしファティがハッとしたときには厳しい眼差《まなざ》しを向けていた。

「……女主人は、水に落ちるような遊びを子供たちとしますか？　どうです？」

「……ごめんなさい、お母様。つい夢中になってしまって」

「いつまでも子供ではいられないのですよ、ファティ」

「はい」

「まったく……」

あまり表情は変わっていないが、ファティには母の怒りが治まったのがわかった。

「心配かけてごめんなさい。次は落ちないように気をつけます」

目化粧は取れたままだが、直す必要もないほど長い睫毛《まつげ》に縁どられた目を殊勝に伏せて言うと、ため息が返された。

「……落ちるような次はなくていいのです」

ナルムティはほっそりとした椅子《いす》のひとつに腰を下ろした。

「おまえはしばらく、神殿で勤めなさい」

「……っ」

言葉に詰まって、ファティは歪めた顔を逸《そ》らした。

神殿の勤めとは、聖刻文字《ヒエログリフ》を習うのはもちろん、神学、数学や地理やら歴史まで教え込まれることだった。当然、香油や香木、祭具といった神殿に欠かせないものの扱いも学ぶ。

やはり母は自分を神官にしたいのだろう……と、明日からのことを考えてうんざりしたとき、「長様《おささま》」と部屋の外から声がかけられた。

「取り次ぎをお求めの方だ、いらっしゃっております」

ナルムティに仕える見習い神官のひとりだった。まだ少年と言っていい彼は、神殿から走ってきたのか息を切らしている。

「お名前は」

椅子から立ち上がりながらナルムティが問い返すと、見習い神官は額に滲《にじ》んだ汗を拭《ぬぐ》いながら答えた。

「ウェルトと伝えなさいと。若い男の方でした」

「ウェルト……」

記憶を探るようにつぶやきながら足を踏み出し、ふいにナルムティはハッとしたように細い身体をふるわせた。

「お母様？」

「……なんでもありません。すぐに行きます、列柱室でお待ちいただくように伝えなさい」

「はい！」

見習い神官が駆け出していくのを目の端に収めながら、ファティはナルムティに近づいた。

「具合が悪いのではないですか？　まだ本調子では……」

「問題ありません」

ひとつ前の季節、体調を崩し何日も寝込んだことを気遣うと、じろりと睨《にら》まれた。

「そんなことより髪を編みなさい。おまえは乾くとふくらむから、ちゃんと香油も使うのですよ。化粧も直しなさい、みっともない」

「はい」

いつも通りの小言を返され、むしろ安心してファティは笑顔で頷いた。

ナルムティはそんな娘を数回瞬《まばた》いて見つめ、なにも言わず出ていった。


髪に香油をつけて馴染《なじ》ませてから、ゆるく一本に編む。

毛先に飾りをつけて手を離すと、白い服を慎《つつ》ましく押し上げる胸元で髪束が揺れ、赤い花を象《かたど》ったビーズが小さく光った。

同じ拵えの短めの首飾りの具合も確かめ、ファティは「うん」と満足する。

伸ばした髪をゆるく編んで垂らすのが、いまマドュの女の子たちの流行《はや》りなのだ。追随して男の子たちの間では、髪に飾るものを贈るのが主流になっているらしい。

「……まあ、まだもらったことないけど」

ふ、と虚《うつ》ろに笑って身を屈《かが》め、卓の上に置いた鏡を覗《のぞ》き込むと、大きい目を化粧墨で綺麗《きれい》に縁どった、見慣れた顔が見つめ返してくる。

髪飾りをもらったことがなくても、可愛《かわい》いと褒めてくれる人だっている。爺とか。子供たちとか。

「……うん！」

自分を納得させるように、もう一度、強引に頷いて鏡の前を離れたファティは、背を伸ばし、くり貫《ぬ》かれた窓の外を見た。

日射しはわずかに金色を帯び、夕刻の匂《にお》いを含みはじめている。遠くに重なって聞こえる声は、漁を終えた男たちだろう。一日の終わりに、彼らはその日獲《と》れた魚を供物《くもつ》として捧《ささ》げてくれる。

漁、大河、水——と連想すれば、小舟に引き上げてくれた青年の、力強い腕に巻かれるようにして重なり倒れたときを思い出し、頬が熱くなってきた。

あんなふうに異性と、しかも年上で背が高く、たくましい人と身体を密着させたことなどなかった。

それに、と胸中でつぶやく。あの人、綺麗な顔をしているだけじゃなく、優しかった……。

白い亜麻の服が濡れて貼りつき、肌が透けているのをファティが気づくよりはやく、手近にあった日除けのものか、大きめの布で包んでくれた。

ありがとう、と言うと、目を細めて笑った。気にするな、助けられてよかった、と言ってくれた低い声まで麗しかった。

「……」

なのに、とファティは自らの失態にため息をつく。ろくにお礼も言えなかったのだ。

青年はひとりではなく同じ小舟にも数人乗っていたし、送り届けてくれた渡し場では、さらに何人かと合流していた。

マドュにある神殿のどれかに参詣《さんけい》に？

それとも交易途中の商人なのだろうか？

そんなことを考えているうち、一緒にいた子供のひとりが転んで大声で泣きだしたので、慌ててその子を抱えて戻ってきてしまったのだ。

じわ、と後悔が胸に滲む。お礼だけでもきちんと言えばよかった。

「……あーあ」

どこから来た人なのか、マドュにはなにをしに来たのか。

もう会うこともないだろう。

けれど、これでいいのかもしれない、と思い直す。

心のどこかで、この気持ちが進んでいくことに怯《おび》えていた。

男女のことに憧《あこが》れはあったが、厳格な母のもとで育ったせいか腰が引けてしまうのだ。マドュの若者たちに声をかけられたこともあったが、ろくな対応ができないうち、彼らはよそに可愛い女の子を見つけてしまう。

自分でも積極性がないのはわかっていた。

だがそれは、神殿付きの踊り子たちの奔放さを知っているせいでもある。彼女たちの無責任な恋から生まれた、父のない子らを見てきたから……。

そうした子の何人かは神殿で引き取り、いまも三人の子供と家族のように暮らしている。お姉ちゃん、と呼んで懐いてくれている子供たちのことを思いだすと、そういえばあの子たちは叱《しか》られなかったろうか、転んだ子の怪我はどうしたろう、と気になりはじめた。

「うーん……」

子供たちを見てくるか、と部屋を出かけたとき、人の話し声が漏れ聞こえた。

建物の中心は、入り口から入ってすぐの、広々とした空間だった。飾りの柱を並べ、その前に玄武岩《げんぶがん》を加工した長椅子を置いている。

神殿を預かる母には来客も多い。また誰かこちらに招いたのだろうか？

ここを通らなければ、外へは行けない造りになっている。母の客にわざわざ会いたくはないが、かといって窓から出ていけばまた叱られるだろう。

「——ファティ、ファティ？」

部屋でおとなしくしていよう、と戻りかけた背に、声がかけられた。

ファティはため息を飲み込み、整えた身だしなみを素早くまた確認してから、未婚の娘らしく慎ましく、俯《うつむ》きがちに呼ばれた方へと歩きだした。

「こちらにいらっしゃい」

視線を落としたまま入り口をくぐると、母に手招きされた。

「はい」

しとやかに見えるよう、努めてゆっくりと頭《こうべ》を上げる。

母は、開け放したままの入り口近くに立っていた。その横に立つもうひとりの影を認め、ファティは息を飲んだ。

背が高い青年だった。まるでハルゥ神のように美しく、たくましい身体をしている。だが頭部はもちろんハルゥ神のような鷹《たか》のそれではなく、日除けの頭巾《ずきん》をつけた人間のもので、褐色の顔立ちは端整なものだった。

引き上げられた舟の上、間近で見たそれと同じ瞼に焼きつけられた顔。

「ウェルト様です。ご挨拶《あいさつ》なさい」

「……」

「ファティ！」

「はいっ」

青年を見上げたまま固まっていたファティは、慌てて手のひらを上にして両腕を差し出し、その間に埋《うず》めるように深々と頭を下げた。

「あの、さきほどは助けていただき、感謝申し上げます……っ」

挨拶ではなくお礼の言葉になってしまった。口にしてからハッと気づいたが、いまさらやり直すわけにもいかない。頭を下げたまま、ファティは動きを止めた。

母も青年からも返答がなく、長い、と思われた沈黙の後、ナルムティが疲れたように言った。

「……ウェルト様のお見送りを、ファティ。わたしは奥にいます」

「は、はい」

かすかな足音が背後から消えると、ファティはそうっと顔を上げた。

正面に立つ青年——ウェルトは、広い胸の上で腕を組んでいる。彼は戸惑うほどの長い時間、ファティを黙ったまま見つめていた。

「あの……？」

さすがに声をかけると、ウェルトは目をしばたたいて苦笑し、すまない、とまず謝った。

「……わたしがどれだけ驚いているか、わからないだろうな」

「は？　驚くことが？　なにかありましたか？」

首を傾《かし》げて聞き返したファティに、組んだ腕を解いたウェルトの、指の長い大きな手が伸ばされた。

「……っ」

指先が、前髪をかすめた。

「まだ濡れている」

「あ、あの、さきほどは、ほんとうに……」

「もう礼はいい」

ふ、と笑って遮ると、ウェルトは自分の背中に手を回し、帯にはさんでいたものを取って、ファティに差し出した。

「これは返しておこう。わたしのいる舟の方に飛んできたので、拾っておいた」

両端に布を巻いた、湾曲した平べったい棒だった。

「……ありがとうございます」

ファティは黄金の装飾品でもあるかのように、両手で恭《うやうや》しく受け取った。

恥ずかしくて顔を上げられないままでいると、また笑う気配がした。

「なかなかの飛ばし振りだった」

「……はい」

「あいにく鳥は撃《う》たなかったが、まあ、人にも当たらなかったから、そう気にするな」

「…………」

問題はそこではありません、とファティは胸中で泣く。

少年たちがこうした棒で水鳥などを撃ちに行くのは、珍しいことではなかった。貴族たちが遊びでするのを真似たもので、獲ったものを食材にする実益を兼ねている。

しかし小さな女の子は別としても、年頃の娘がするものではないだろう。

――明日からおとなしくするようにしよう……。

棒を握りしめ、そっと目を上げる。

金色を含んだ日射しを背に受けた青年は、愉快そうに口元をゆるめ、ファティを映した黒い双眸を細めた。

「今日はもう、戻らなければならない」

「あ……っ、お見送りいたします！」

「頼む」

頷いて、ウェルトは出入り口をくぐった。

肩幅が広く、厚みのある背中を追うように外に出ると、昼とは違い、わずかに湿り気を帯びた風がふわりと吹きつけてきた。

見下ろせば、大河は日を弾《はじ》き金色に輝いていた。どんな装身具より美しいその鱗《うろこ》波《なみ》を目に映したまま、入り口前の短い階段を下りていく青年に声をかける。

「お戻りは、どちらなのですか？」

「南だ」

足を止め、振り返ったウェルトが答えた。その目がふとファティの背後に移り、さらに上に向けられる。

「……美しい像だな」

入り口の脇には、蓮《はす》の花を抱いたフゥト・ホル女神を浮き彫りにした柱が立っていた。女神は色鮮やかな赤や青を使って彩色され、黒で塗られた目は微笑みをたたえている。

「王宮に飾られていても、おかしくはない」

「ほんとうですか？　わたしも、この像はすばらしいと思っていました！」

ファティはひとつに編んで垂らした髪を揺らして頷いた。

青年はまだ像を見上げている。その視線を辿《たど》ってチラと振り返り、ぐ、とこぶしを握って尋ねる。

「ウェルト様は、王宮にいらしたことがあるのですか？」

「……ああ」

「そうですか。こちらの女神は、おかあ……神官長がこちらに移られたとき、高貴な御方から贈られたと聞きました。王宮にあったものかもしれませんよ」

フゥト・ホル女神は、国土でもっとも愛されている神のひとりだった。ハルゥ神の妻なので、神殿の壁には夫婦神が寄り添う絵も多い。

青年にそう教えると、彩色された女神のそれより美しい顔がほころんで、じっと見つめられた。

「だが王宮にあるものよりも、こちらのほうがわたしには好ましい」

「え……」

「この象はおまえに似ている」

「……」

「また会おう、ファティ」

ウェルトは階段から下り、振り返ることなく去っていく。

その背を、ファティは立ち尽くしたまま見送った。

夕刻を示す空を写し取ったように、自分の顔も赤くなっているだろう、と思いながら。


「……パンを落としましたよ」

母の声がして、ファティはようやく我に返った。

ちぎったはずのパンが指先から消えている。あたりに目を走らせると、隣に腰を下ろしていた少女が「はい」と手にしていたものを渡してきた。

「わたしのところに飛んできました」

「……ごめん」

朝の勤めが終わり神殿から戻った母を中心に、世話をしている子供たちと一緒の食事の席に笑い声が上がる。

　壁に沿って腰高に積んだ、椅子を兼ねる干しレンガづくりの棚には、ファティを先頭に子供たちが座り、母のナルムティはファティの斜め前、背もたれのない椅子に腰かけていた。

「ぼんやりとして。熱でもあるのですか」

　ナルムティは握っていた骨製の匙《さじ》を、空になった皿の上に戻した。

　カチン、という甲高い音を合図にしたように、ファティも受け取ったパンを卓に置いた。今日のパンは少し固い。それが悲しい、と言うように指先でつつく。

「いじっていないで、ちゃんと食べなさい」

「はい……」

「食欲がないのですか？　具合が？」

「……だいじょうぶです」

「おまえは、このあいだから変ですよ」

「そんなことは……」

「今日はお客様が来ますから、しっかりしてくれないと」

　ナルムティの言葉に、ファティは弾かれたように顔を上げた。

「……里親の件ですか？」

　野菜の浮いたスープにパンを浸して食べている子供たちをチラッと見て、声をひそめて訊《き》く。

預かっている子供たちのほとんどは、そのままここで下働きなどをして自立するが、なかには養子に行く子もあった。子をもらいに来る夫婦などは何日か神殿に逗留《とうりゅう》し、その間、子供たちの意見も考慮してのことではあるが。

子供は赤ん坊のうちに死ぬことが多く、ある程度大きくなってからも、大人と違いふとしたことで命を落とす。だからこそ他人の子であれ、子供はどこでも大切にされ可愛がられた。

だがそうとわかっていても、ファティにはつらい。

ずっと一緒に過ごしてきた子と別れることも、手放すことができる母の冷淡さも……。

「違います」

しかしファティの複雑な気持ちを慮《おもんぱか》ることなくナルムティはあっさり否定した。

「先日いらっしゃった、ウェルト様です。午後には……」

「――お母様ッ！」

母の言葉を遮って、卓に手を突きファティは勢いよく立ち上がった。その衝撃でパンの欠片《かけら》が弾み、床に落ちる。転がっていくその軽い音が、静まり返った部屋のせいでやけに大きく聞こえた。

「……なんですか」

驚いたにせよ、それを大仰に表すことなくナルムティがじろりと睨む。

「急に大きい声を出して」

「……も、申しわけありません、お母様。急になにか……、えっと、虫が」

「虫が？」

「飛んでいたので……」

「あー、お姉ちゃんまたぁ」

口の中でもごもごと言い訳するうち、隣に座っていた少女が足元に転がったパンに手を伸ばした。

その小さな背中を見下ろしながら、ファティは「ありがとう……」とつぶやいた。


宿泊には神殿に用意された部屋が使われるが、下働きの者や見習い神官たちの手で準備がされるので、ファティには基本、関《かか》わりのないことだ。

だがそうとわかっていても家の中を拭《ふ》き清め、自分の小さな部屋まで綺麗にしてしまう。もしかしたら食事はこちらでとるかもしれない。先日、入り口にあるフゥト・ホル像を褒められていたし。——あの像に似ているって言われたし……！

つい、身なりも入念に整えてしまう。新しい真っ白な服を着て、乾燥を防ぐ軟膏《なんこう》も香りがいいものを入念にすり込んだ。

ゆるく編んで垂らした髪の先にいつもの髪飾りをつけ終わったとき、外から爺の声が届いた。

「嬢様、お客人が到着したようですよ」

くり貫いた小さな窓から身を乗り出すと、神殿に続く庭にあるヤシの木の前で、爺が背中を向けているのが見えた。

「わ、わたしも出たほうがいい？　よね？」

「そりゃあ、そうですかね」

庭に置いていたものを片づけていたところなのだろう、老人は腕に籠《かご》などを抱えたまま振り返った。

「神殿の前ですよ」

「わかったわ！」

ファティはもう一度、鏡の前で素早く点検し、部屋を飛び出した。

マドュの町のハルゥ神殿は、そう大きいものでも歴史が長いものでもなかったが、神殿の前庭に並ぶ獅子《しし》の像も、まっすぐ敷かれた灰色の石の歩道も、日射しの下で輝く様はなかなかに荘厳であった。

入り口には人の背丈の三倍ほどのハルゥ神の像が置かれ、同じ高さの神殿が背後に聳《そび》える。壁にはハルゥ神の母アセト女神や妻フゥト・ホル女神も描かれ、美しいふたりの女神にふさわしく華やかに彩られていた。

その壁を背に、ナルムティを筆頭に神官たち、下働きの者たちが並び、ファティはその後方から前庭の先を見つめていた。

——ウェルト様は、偉い方なのかしら？

いまさらのように、そんな疑問が湧《わ》いた。

神殿の人間が総出で出迎えるなど、ほとんどないことだった。前回はたぶん、マドュの町を含む近辺一帯を監督する役人の長が訪れたときだった。

——役人……？　だがウェルトの姿を思い出せば、どちらかというと軍人のような気がする。鍛えられた身体で、動作も機敏だ。

ぼんやりと考えるうち、前庭にひとかたまりの人影が現れた。
五、六人ほどだろうか。白い頭巾を被った、日に焼けた肌をした男たちだった。
「ようこそおいでくださいました」

ナルムティがそう言い、手のひらを上に向けて両腕を差し出し、頭を下げる。それに一拍遅れ、全員が同じ動作をするのに合わせたファティだが、ちら、ちら、と目線が上向くのを止められない。

男たちの先頭は、ウェルトだった。前に目にしたときと変わらない、女のように美しい横顔につい見惚《みと》れてしまう。

「歓迎を感謝する。ハルゥ神への供物は、町の者に届けてもらうよう手配した」

「ありがたくお受けいたします。では、中に」

ナルムティの後を追って、ウェルトはつき従っている男たちとともに神殿の中に入った。神官たちも急いでその後についていくが、下働きの者たちや爺、ファティはその場から動かなかった。神殿の中のことは、神官たちがするのだ。

「嬢様、戻りましょう」

「……うん」

ファティは悄然《しょうぜん》と頷いた。

――目線ひとつ、くれなかった。

自分がここにいることにも、気づいてなかったのかもしれない。

いやそもそもファティという存在さえ、覚えていなかったのでは……。

髪と首を飾る赤い飾りが映えるよう、新しい真っ白な服まで着たことがひどく惨めに思えてきた。

自分の部屋に戻った後、ファティは髪飾りを外した。

近くで焚《た》いている香炉の煙が、独特の匂いを放ちながらふわりと漂っている。

人払いのされた神殿の中は、至聖所《しせいじょ》に続く扉の前ということもあって、ひどく静かだった。

幾何学模様を彫り込んだ床に両膝を突き、腕を差し出して平伏する女を、青年は少しの間、黙って見下ろした。

肩の上で切り揃えた髪は黒く、俯けた顔も変わりなく美しい。だが上向けられた手のひらは薄くなり、腕全体も細く張りがなくなっている。

老いた、とは数日前に再会したときも思った。この女を最後に見たのは六歳の頃で、それから十五年以上経《た》つのだから当然だ。

しかし、と青年は続けて思う。神殿の建材にも使われる黒い石のような硬質さは、変わらないようだった。王にも逆らう、頑《かたく》なさは。

「……ナルムティ」

なるべく感情を乗せずに、話を切り出す。

「今日は、答えを聞かせてほしいものだが」

「……はい」

ナルムティは顔を上げ、白い部分がやけに鮮やかな目で見つめ返してきた。

「王宮からの命令でも、このような小さな神殿で育った娘には、酷なことかと……」

「わたしがそれを望むと言っても、断るか」

半ば遮るように言葉を重ねると、ナルムティはハッとしたように目を大きくする。

「セトウェル様」

「ここではウェルトだ」

「……ウェルト様、あなた様は、あの娘を……？」

逆に問われ、ウェルトは表情を消した。

——あの娘を？　ファティを？

神殿に入る直前、横目で確認した娘の顔が弾けるように脳裏に浮かんだ。

黒い目を大きくして、頬を染め、少し唇を開いていた……。

すぐに視線を逸らしたのは、自制したからだ。神殿に入らなければならないのに、多くの目があるというのに、それでもあの娘に声をかけ、微笑ませたいと思った自分にうろたえたのだ。

あの娘は手に入れる。だがそこに心は必要ない——はずなのに。

返事がないことに焦《じ》れたのか、ナルムティは重ねて問うた。

「ウェルト様？」

「娘を気に入られたのですか？」

不安そうに見上げてくるナルムティと目が合い、この女でもそういう表情をすることがあるのか、と意外に思った。

そのまま黙り込んだ青年の心中をどう判断したのか、ナルムティはゆっくりと視線を落としていく。

「……身体を壊し寝込んでから、思うことがありました。このままわたしが死者の国へ行った後、娘はどうなるのだろうと。守ってくれる者も、頼れる者もないのですから。……ですが、逃げた王宮に戻すことが、幸せになるとは」

「わたしが守る」

その答えは、なにを思うより早く口をついて出た。

「妻として、わたしが守っていく。そのために王宮に戻すのだ。……王は、ファティに王の娘の称号を与えると仰せだ」

「王の娘——……王女に？」

ナルムティは弾かれたように顔を上げた。

「王」を中心に形作られるこの国で「王の娘」あるいは「王女」の称号は、神の血を引くことと、その腹から生まれる子を「王」にできると宣言するものだった。

王の子であっても称号を持たなければ、ただ人に過ぎない。

「ですが、王はあの子を認めませんでした」

ナルムティは眉《まゆ》をひそめ、薄い唇の端を歪める。

「いまさら……」

「イムエフ王子の件は知っているな？」

突然、質問されてナルムティはわずかに目を瞠《みは》った。

イムエフは現在の王の長子だった。次の王になるはずだったが、先月、急死した。

「……存じております」

悲しげに顔を歪め、ナルムティはささやくように答える。

「わたしのような者にもお優しく、すばらしい御方でしたのに……」

「そうだ。だからこそ、残されたホルヘテプ兄上とわたしの軋轢《あつれき》を、王はお望みになられない。だが兄上をおそばで支えるなら、王族としての確固たる地位が必要になる。そのために、王女を妻にすることが必要だ」

王族が純血を保持することは、神殿にも支持される。神官たちを敵に回さないことは、この国で最も重要なことだった。それに加え王族同士の結婚は、王家が所有する領地を分散させないという一面も持つ。

しかし、と青年は続けた。

「姉妹のだれを妻にしても、ホルヘテプ兄上との間に火種となる可能性がある。ならばいっそ、というのが王のお考えだ。後ろ盾のない王女を妻にするほうが危険は少なかろう、と」

「……」

「たしかに王はおまえの娘を認めなかったが、いま重要なのは、あらためて王女として、おまえとともに王宮に迎えるということだ」

「わたしも、ですか？」

「おまえは、娘をひとりで王宮に行かせるつもりか？」

「……いいえ」

ナルムティは身ぶるいし、強い力を宿した目を向けてきた。

「それであなた様は、あの子を正式な妻に？」

「ああ、そうだ。おまえの娘がだれの子であろうと、王が娘と認められれば、それでいい」

そう答えながらもチリッと胸が痛み、脳裏にふと、王が約束した娘の顔が過《よ》ぎった。

濡れた髪。大きく見開かれた目。細い首と、濡れた服が貼りついた瑞々《みずみず》しい身体……。

大河から引き上げたのは、鳥撃ちをしていた少年だと思っていたのに。

「……はじめは、変わった娘だと思った」

「は、はい」

ナルムティは一瞬、言葉に詰まったものの、否定できずに目を逸らす。

「厳しく育てたつもりですが……」

ウェルトは小さく笑った。

「変わっているが、おもしろい」

頭から濡れたファティを小舟で運び、渡し場で下ろした後も熱っぽく見てきたくせに、連れの子供が転んだ途端、慌てて駆け寄り、そのまま去ってしまった。

子供の泣く声に急《せ》かされるように、振り返りもせず。

「……それに、優しい娘のようだ」

王都に戻ってからも、面影が胸の内から消えなかった。そのうち、不安が生じた。そもそも十六歳の娘が、たとえ厳しい母の目があったのだとしても、これまで相手がいなかったことのほうが不思議なのだ。

明日にでもだれかのものになっているかもしれない。

他の男の腕の中で微笑んでいるかもしれない。

王の言葉に従いわたしの妻にする娘なのだから——と自らに言い訳し、去ったばかりのマドュに、胸を焼く焦燥に駆られて戻ってきたのだ。

青年の口端に、自嘲《じちょう》するような笑みがかすかに刷《は》かれる。認めたくはなかったが、存外、自分は単純なようだ、と。

「……ナルムティ」

ウェルトは片膝を突き、目線の高さを合わせた。

「イムエフ兄上を失われ、王は心が弱くなられた。死者の国へ赴く前に、現世での心残りを払っておきたいとお考えだ」

女はハッとしたように目を見開いた。

その中心の瞳《ひとみ》が揺れているのを確認しながら、青年は頷いた。

「わたしも心を決めたのだ、ナルムティ。王の思う通りにして差し上げたいという気持ちもある。——だがそれ以上に、わたしはおまえの娘を気に入ったようだ」

＊＊＊

呼ばれた気がして目を開けたとき、ファティは自分が眠っていたことに気づいた。

立ち上がりながら、額に滲んだ汗を拭う。

午後の、ひどく暑い時間になっていた。細長くくり貫いた窓のひとつに目をやれば、くっきりと濃い影を落とすヤシの木が見える。

「暑い……」

「そうだな、喉《のど》が渇いたろう？」

独り言に返事があり、ファティはギョッとして振り返った。

部屋の入り口にもたれ、両腕を組んで立っている長身の青年がいた。

膝丈の腰布に足首で巻く紐《ひも》のついたサンダルを履いた姿は同じだが、いつも被っていた日除けの頭巾がない。不揃いに切られた髪は肩をかすめるほど長く、とくに先の部分が色薄かった。肌と同様、日に焼けたのだろう。しかし乾いた印象はなく、つややかだ。

「なにか飲みに行こう、ファティ？」

ウェルトは組んでいた腕を解いて、近づいてきた。

ファティに思わず一歩、下がる。

一見、細身であるものの、鍛えた厚みのある身体をした青年は、長身のせいもあって圧迫感がある。狭い自分の部屋が余計に小さく思えた。

「あ、の、……なぜ、ここに？」

「なぜ？」

ウェルトは立ち止まり、腕を伸ばす。

「おまえを探していたからだ」

「……」

探して、という言葉が頭の中で反芻《はんすう》した。わたしを探した。わたしを。

──なぜ。

美貌《びぼう》を見ていられなくて、ファティは目を伏せる。

ウェルトの日焼けした腕が視界に入った。その手首に巻かれた装身具が目に焼きつく。

蓮の意匠の、透かし彫りの腕輪だった。花弁の線に白、葉に当たる部分には緑色のガラス片が象嵌《ぞうがん》してある。

その精緻なつくりに見惚《みと》れたのも一瞬、ギュッと手を握られ、心臓が破裂したのではないかと思うほど驚いた。

「行くぞ」

「えっ、はっ、え!?」

どこに？　と続けて言う間もなく、手を引かれて部屋を出る。

母が来客をもてなすための細く白い飾り柱の並ぶ部屋には、だれもいなかった。母も、爺も、子供たちも。ウェルトと一緒にいた男たちも姿が見えず、気配もない。

静まり返った室内だったが、玄武岩で作られた小さな卓の上には、皿に盛られてイチジクや葡萄《ぶどう》が用意されていた。その卓と揃いの長椅子に座らされ、落ち着く間もなく、すぐ隣に青年が腰を下ろしてくる。

ふわりと鼻腔《びこう》をかすめた異性の匂いに、ファティは微妙に身体を強張《こわば》らせた。

「………………」

卓をはさんで向かいにある椅子と、指一本分の距離もなく傍らに座る青年とを交互に見てしまう。長椅子といっても、そう大きいものではない。あちらに座らないのかしら、と思った胸の内が覗かれたのではないだろうが、ウェルトは低く笑った。

「おまえに渡したいものがある」

「は、はい」

「マドュでは、男が女に髪飾りを贈ると聞いた」

「え？」

「違うのか？」

「え、いえ、……そうらしい、です」

そうらしいどころか現在マドュの流行りで、とくに若者に浸透している。しかし素知らぬ振りで答え、ファティは目を泳がせた。

「……わたしは、もらったことがないので」

「それはよかった」

ウェルトは自分の腕輪を外しながら、平坦な声で言った。

「もらったものがあったら、捨てさせるところだった。これからも、わたし以外からもらうことは許さない」

「は……？」

「ファティ」

紐で背面を結ぶつくりになっている腕輪を手にしながら、ウェルトはもう一方の手で、ファティの編んだ髪を持ち上げた。

「ここに飾ってくれるか？」

「そっ、それ……はっ」

奇妙な具合に言葉が跳ねてしまった。

それはどういうことなのか――様々な想像が頭を過ぎっていく。マドュで流行っていることの贈り物の意味をわかっているのか、いないのか。

「……り、理由もなく、こんなすばらしい品をいただくわけには……」

視線にただならぬ力を込めて見上げると、ウェルトは頷いた。

「男が女に贈る意味は理解している。だから贈るのだ。おまえに使ってほしい」

「……っ」

差し出されていた腕輪を、ファティは無言で握りしめた。

ふ、と吐息をつくように笑ったウェルトに見つめられながら、ぶるぶるとふるえる両手でぎこちなく髪の先につける。

男の手首に使われていたので、かなり大きい。だが紐をうまく髪に絡めて留めれば、それは胸の上にしっくりと納まり、目を惹《ひ》く大ぶりな飾りとなった。

「よく似合う」

ウェルトは微笑んで、もう一度、頷いた。

ファティを見つめる目は黒く、高く形のいい鼻、それだけ見れば女性的とも言える綺麗な唇を見つめるうち、喉の渇きが耐えがたいものになった。

「あ、あの、ありがとうございました、すごく綺麗で、あの、大切にします。……ええと、喉が渇いて……、わあ！　果物、食べましょう！」

まとまりのないことを口走りながら卓の上の葡萄に手を伸ばし、ブチッと引きちぎった。

「美味《おい》しそうです！」

「待て」

黒々とした粒をつまんだ手に、大きな手が重ねられた。

ビクッとして動きを止めたファティから葡萄を奪ったウェルトは、丁寧に皮を剝《む》いて瑞々しい中身を取り出すと、それをつまんで持ち上げた。

「口を開けろ」

「……」

「うん、美味《うま》いか？」

コクコク、と縦に首を振り、ファティはろくに咀嚼《そしやく》せずに飲み込んだ。

部屋にこもった暑熱のせいではない、身体の奥からじわりと湧く、めまいのするような甘い熱に襲われる。

——なぜ、急に？　さっきはろくに目も合わさず神殿に入ってしまったのに。

だがそれに傷ついたことも、熱にかき回され溶けてしまう。

「も、もういいです……」

何度か、同じように皮を剝いた葡萄を手ずから食べさせられ、ファティはさすがに遠慮した。心臓が持たない。

「そうか」

ウェルトは手元に残ったひとつを自分の口に放り込み、葡萄の汁で濡れた指先をそのままぺろりと舐《な》めた。

「……」

何気ない仕草であるというのに、ひどく扇情的だった。目が離せない。胸の奥に小さな鳥でも棲《す》みついたのか、ざわざわとして落ち着かない……。

「ファティ、明日――」

「はいっ、もちろんです！」

「……まだなにも言っていない」

驚いた黒い双眸が見開かれ、覗き込んでくる。

「おもしろいな、おまえは」

「……ありがとうございます」

褒められている気がしなかったが、とりあえずそう答える。

すると青年は顔を伏せ、くくく、と肩を揺らして笑いながら腕を持ち上げて、大きな手のひらでファティの頭を撫でた。

「それで明日だが、舟で水鳥を撃ちに行かないか？」

その誘いに、途端、ファティは目を輝かせた。しかしすぐにハッとして顔を悲しげに歪める。

「……でも、わたし、お母様に叱られるので」

「なぜ」

「あの、このあいだ水に落ちましたし、……その、十六の娘がそんな遊びは、と」

「わたしが一緒なら、だいじょうぶだ」

ウェルトは上半身をねじって、ファティの肩に手を置いた。

「おまえが舟から落ちないように守ろう」

「え」

「わたしがいつも守る」

大きく乾いた手が、そのまま優しく触れていく。ざらついた硬い指先で肌をこすられ、ファティは思わず硬直した。

しかしウェルトは気にする様子もなく、ファティの柔らかな頬に手を当てると、顔を寄せてささやいた。

「——……運命は神々の手の中にある、とよく言うが」

「え？　あ、はい。……ええと、運命は人の自由にならない、ですね」

神殿の教える格言をどうにか思い出して答えると、青年は微笑んだ。

「そうだ。だから人は、つらい運命でも甘受しなくてはならない。……だが、ときに幸運に恵まれる。ファティ、わたしの前で開かれた手が握っていたのは、おまえのようだ」

「え？」

どういうことだろう？　と聞き返す間もなく大きな手が頬からうなじへと回され、軽くつかまれるのを感じて、ファティは思わず身ぶるいした。

「明日、一緒に行くだろう？」

「……はい、ウェルト様！」

鼓動の速さに堪《た》え兼ね胸元に手を当てて微笑むと、ウェルトがさらに顔を近づけてきた。

鼻の頭をこすり合わせるように美しい顔が傾き、唇に柔らかなものが押しつけられる。

触れたのは、一瞬だった。

「……っ」

熱をともした黒い目に映る自分を見つめ、ファティはそのまま放心する。

口づけされたのだとわかっても、頭が働かなかった。

「甘い……」

ウェルトは顔を離さず、ささやく。

「葡萄の味だな」

もう一度、唇が重ねられた。

二章

翌日、マドュの各神殿に供物を捧げ終わる頃には、太陽は中天を過ぎていた。

ハルゥ神殿に戻ったウェルトは、残りの供物を神官に渡してくるよう命じて随行していた男たちと別れ、神官長が使う館にひとり足を向けた。

暑さが増す時間に差しかかっていたが、これから鳥撃ちのために水辺に行くと思えば、日射しの強さも気にならなかった。

一緒に行くことを約束している娘は、いまごろ準備をしているだろうか。

昨夜《ゆうべ》は神殿に泊まったものの、口づけただけで取り乱してしまう様子に、それ以上は手を出せなかった。それでもすぐ近くにいるのだ、と思うたび睡眠が妨げられたのも事実で、おまけに、ファティとは朝から顔を合わせていない。

驚くだろうか、どんな表情を浮かべるだろう——心のままに足を速めたとき、笑い声が耳をかすめた。

ウェルトは館の中ではなく、建物沿いに続く均《なら》された小道を進んだ。

垂れ下がる大きな葉で目隠しになったその先に、ちらちらと動く影がある。笑い声はそこから聞こえた。

六、七歳ほどの少女と両手をつなぎ、くるくると回りながら遊ぶファティがいた。
「……」

ウェルトは足を止め、目を細めてしばらく見入った。

赤みの強いむき出しの土の上にヤシの木が数本立つだけの小さな庭だが、子供の遊び場には十分だ。

甲高い笑い声が青い空に響く。

最後には目を回したのか、お互い崩れ落ちるように腰を下ろしてしまった。土で汚れた裾《すそ》を叩《たた》きながら、あははは、とまた笑い声が上がる。

「楽しそうだな」

声をかけながら近づくと、汗ばんで紅潮した顔にパッと喜びを表し、ファティは慌てて立ち上がった。

「まあ！　ウェルト様、いつ……、あ、こら、待って、ご挨拶を！　こら！」

一緒に遊んでいた少女は恥ずかしいのか、駆けだして館の中へ入ってしまった。

その小さな背を追いかけようとするファティの腕をつかんで引き留め、ウェルトは「かまわない」と笑う。

「も、申しわけありません、少し、人見知りする子で……、たぶん、あれこれ訊かれるのがいやなんだと思います」

を閉じ込めておくような真似はしないだろう。

「そうなのか」

「わたしも小さい頃、そうだったので。……あ、あの子、ウェルト様が怖いとか、そういうことではないと思うんですけど。でも大人は色々話しかけたりするし、小さい子は緊張してしまうので、いつも言い聞かせていますが、え、と……、とにかく、すみません」

「いや」

ファティが顔を赤くして必死に話している姿を見ているだけで満足だったので、ウェルトは笑顔で頷いた。

細い腕から離した手で、編んだ髪の先につけられた、もとは自分の腕輪だった飾りに触れる。

「おまえは子供たちに優しいな。初めて会ったときも、一緒に遊んでやっていた」

ファティぐらいの歳ならば、子供と遊ぶより自分を気にかけ、異性の目を惹《ひ》こうとするものだが、と思った。少なくとも、知っている女たちはそうだ。

ファティは大きな目を二、三度まばたいて、困ったように笑う。

「とても可愛い子たちばかりですし、懐いてくれていますから。それに母は忙しい人ですし、わたしも父や兄弟がいないので……」

言いながら目を伏せていく姿に、胸がちくりと痛む。子供を放ってはおけないのは自分も寂しいからなのだと、この娘は気づいているのだろうか。

「ファティ」

知らず手を差し伸べ、細い身体を胸元に引き寄せていた。

息を詰め、身を固くするファティの様子に、なぜか胸の痛みが増していく。

痛みというよりも、締めつけられるような苦しさが。

閉じ込めるようにきつく抱きしめながら、ウェルトは驚かせないようにその髪に口づけた。

「……っ」

ビクッとふるえて揺れた黒髪は、甘い匂いがした。

抱きしめる身体は柔らかく、身じろぐたびしなやかさをウェルトに伝える。鼻腔をかすめるのは肌にすり込む軟膏だけではなく、ファティ自身の匂いだった。果物を思わせる瑞々しく甘い香り……。

女の身体への単純な欲とは違い、なにか息苦しいような切なさが込み上げ、ウェルトは細く息を吐く。

わたしの妻にする娘、とそのとき強く意識した。

わたしの妻。わたしの。

——どんな声で啼《な》くのだろう、と思った途端、下腹部に熱が溜まっていく。

はやく自分だけのものにしてしまいたい。ファティの身体を抱く手に力がこもる。

「ウェ、ウェルト様……！」

しかし腕の中の娘は、両手でウェルトの胸を押し、身を離してしまった。

その抵抗に眉をひそめて見下ろせば、ファティは顔を真っ赤にさせ、大きな黒い目を揺らしている。

「……ふっ、服が汚れていまして、そのっ、食事の、用意も！　用意を……」

「うん？」

「……手伝ってきます！」

身をひるがえし走り去っていく後ろ姿を、やや呆然《ぼうぜん》としてウェルトは見送った。

食事にはまだはやい。つまり逃げられたのだ。

「……」

空になった手のひらに目を落とすと、苦笑が漏れた。

＊＊＊

疲れているはずなのに、眠れない。

ファティは暗闇《くらやみ》に向かって、ふぅ、と息をついた。

昼間の興奮がまだ全身にくすぶっている。鳥撃ちでは一羽も仕留められなかったものの、連れていった子供たちも涼しい水辺で喜んだので、楽しい午後だった。

一緒に乗った小舟で、ウェルトに背後から抱えられるようにして投げ方を教えてもらった。その腕の力強さを思い出すだけで顔が熱くなって、転がり回りたくなってしまう。

「……っ」

みんなが寝静まった夜なので必死にその衝動をこらえた。

「また来る」という約束とともにウェルトは、夕刻前には帰っていった。そのとき残された口づけを思い返すように、寝台で横になったまま、指先でそっと唇をなぞる。

口づけは長かった。顔を傾け重ねた唇をゆっくりと舌先で舐められたときは、変な声が出そうになるぐらい驚いた。

そんな様子は伝わったはずなのに、ウェルトの腕の力はゆるめられず、むしろ逃すまいとするように強く抱き竦《すく》められた。

痛いほどに心臓が速くなっていたのに、それでも大きくて硬い身体にすっぽりと包まれれば、安心感で力が抜けた。

守られている、求められている——そして自分も、と思う。

「……」

ファティは暗闇に沈むように目を閉じた。

なにかギュウッとねじられたように胸の奥が痛んで、薄い上掛けの縁をきつく握りしめる。

ただ素敵な人だと思っていた気持ちが、いまや自分の手に余るほど大きく膨らんでいた。

——会いたい。夢の中でも。愛《いと》しい人に。

あの眼差しを自分だけに向けてほしい。

笑顔を、声を。抱きしめてくれるその腕も——すべてを。

どうしたら全部、自分のものになってくれるのだろう。

わたし自身を差し出したら、あの人はわたしのものになるだろうか……。

「…………っ」

淫《みだ》らな妄想をしてしまい、ファティは上掛けから手を離して顔を覆った。

そのとき、カタン、と音がした。

「……ファティ、まだ起きていますか？」

パッと両手をどけて瞼を開け、ファティは「はい」と答えながらゆっくりと上半身を起こした。

入り口に立つ母は、小さな炎が揺れる灯火皿を手にしている。淡い灯《あか》りが母の痩《や》せた顔に陰影をつけ、いつもより厳しく見えた。

「少し、話があります」

「はい」

早朝の勤めがある母は、眠りにつくのがはやい。めずらしいことだと思いつつ、ファティは頷いた。

「おまえは、ウェルト様を慕っているのですね？」

「……っ」

その言葉でファティは、ぼんやりしていた頭を覚醒《かくせい》させた。

いつ、そう訊かれるのだろうと思っていた。もしかしたら自分から言ったほうがいいのかもしれない、とも思いはじめていたのだ。

だが、答えは迷わなかった。

「はい、お母様。わたし、ウェルト様が好きです」

寝台の上から母を見上げると、ナルムティは少しの間、黙り込んだ。

「難しいお相手ですよ」

やがて言われたのは、予想しない言葉だった。

「あなたに務まるのか、わたしにはわかりません」

「……ウェルト様は、優しい人です」

「そんなことは知っています」

布を裁ち切るような素早さで答え、ナルムティはため息をついた。手にしていた炎が揺れ、翳《かげ》りの中でその顔はひどく疲れているように見えた。

「ウェルト様の御心は疑っていません。色々と、べつのことです」

「……ウェルト様の、ご家族ですか？」

ファティは胸の上で両手を組み合わせ、そわそわと身じろいだ。

ウェルトは自分のことをあまり明かさなかった。兄弟が多いのだ、ということは聞いている。軍人として、ファティには想像もつかない、国土のはるか南端で仕事をしていた、ということも。

「わたしでは、ダメでしょうか」

言った後、涙が滲んだ。

結婚は一族同士を結ぶものとして手近な者が好まれる。地理的にも、身分的にも。

母が神殿の長であれば不足はない。むしろ喜ばれる良縁だろう。しかし母のほかに身内もない娘では、たしかに頼りないのも事実だった。

せめて母のように、神官になるべくしっかり学んでおくんだった、と後悔する。しかし神官になるための資質に乏しかったし、それを補おうという努力もしなかった。

そんな自分が情けなくなってくる。

「お母様がいなくなってしまったら、わたしはひとりになってしまうし……、こんな、わたしなんか……」

「ファティ」

動く気配がして、気づくと母が傍らに立っていた。灯火皿を持つのとは逆の手で、髪に触れてくる。

「おまえがだめだなどということは、けしてありません。もっと胸を張りなさい」

「……お母様」

「近いうちに王都へ行きましょう」

「え」

突飛な言葉に驚いて母の顔を仰ぎ見たが、そのときには背を向けられていた。

「なぜ王都に？　――お母様！」

追いかけるように手を伸ばして問うと母は足を止めたが、振り返りはしなかった。

「おまえのためです」

「え……？」

出ていく薄い背中を、ファティは不安とともに見送った。


その数日後、マドュに訪れたウェルトは、ナルムティとともに神殿にこもり長く出てこなかった。

子供たちの相手をした後、神殿の前でうろうろしていたファティの頬に夕刻の淡い金色が触れる頃、ようやく青年が姿を見せた。

マドュの町の者たちが、その日の収穫などを捧げに来るにはまだはやい。前庭は閑散としていて、数人の神官が行き来しているだけだ。同行する男たちの姿もなく、ウェルトはひとりでそこを横切りはじめた。

「ウェルト様！」

駆け寄ったファティは、しなやかな筋肉のついた腕に触れ、勢いのまま身体を寄せた。

青年は驚いたように目を丸くしたが、頭ひとつ分高い位置にある顔には、ゆっくりと笑みが広がっていく。

「待っていたのか」

「はい。お母様とのお話は終わったのですよね？」

「ああ」

頷いたウェルトから視線を外し、頬に手を当てファティは俯いた。母との話は、もしかすると結婚のことかもしれない、と思うだけでどんどん熱くなってくる。

赤くなっているだろう顔を隠していると、ウェルトが短く笑った。

「少し、歩こう」

「はいっ」

大きな手が、腰のくびれに自然に置かれ、促されるようにして共に歩きだす。

「ファティ」

前を見つめたまま、ウェルトが切り出した。

「おまえが望むなら、このままでもいいと思っている」

「は？」

「わたしは、いまのおまえが好きだ」

「…………っ」

直截《ちょくさい》な告白を受け、さらに頬が上気する。わたしもです、と返す言葉がうまく出てこない。

顔を赤くしたまま黙っていると、ウェルトは足を止めて空を仰いでから、ゆっくりとファティを見た。

「……だが、それだけではだめなのだ」

「？　は、はい？」

大河の匂いを含んだ風が優しく吹きつけ、ウェルトの髪を揺らしていった。毛先の色が抜けた髪の合間に覗く双眸は、吸い込まれそうなほどに黒く美しい。

「ウェルト様？」

「もう少しふたりきりで話したい」

返事をする間もなく、腰に置かれていた大きな手に力が込められた。

神殿の入り口までのまっすぐな道から逸れ、並列する獅子の像の合間を抜ければ、白く高い壁に突き当たる。

壁沿いには丈高いヤシの木々が植えられ、涼しげな木陰を作っていた。

「ファティ」

通りがかる人もほとんどなかったが、それでもなお人の目から隠れるようにその一本の木を背にしたウェルトは、ファティを白壁に押しつけるように立たせた。

頭上で聞こえるかすかな葉擦れの音とともに、ふたりの肌の上できらきらと光が踊る。

「神官長と話した。王都に行くそうだな」

「はい」

ウェルトの首を飾る細い輪の装身具が輝くのを見つめながら、ファティは頷いた。

「向こうでなにかご用があるとかで……、わたしも一緒に、と」

「そうか」

ウェルトは素早く答え、目を伏せてもう一度「そうか」とつぶやいた。

「……王宮に行ってみたいか？」

「え？」

ファティは目をしばたたいてから、小さく笑う。

「王宮に行きたくない子なんて、いないと思います。とても美しいだろうし、一度だけでも目にしたいと、みんな言っていますよ」

「まあ、そういうものなのだろうな。――ファティ、正直に答えてくれ」

「はい？」

「わたしを夫にしてもいいと思っているか？」

「……えっ」

ファティは仰け反るようにして背筋を伸ばし、見開いた目を落ち着きなくさまよわせた。

「ファティ？」

「は、はいっ」

上擦った声で答えたファティは、赤くなっているだろう顔を隠すように、もう一度「はい」と頷いてそのまま俯く。

「そうなったら、嬉《うれ》しい、です。……でも、ウェルト様は、その、わたしを……？」

「妻にしたい」

続けて口にできなかった言葉を、ウェルトは正確に読み取ってくれた。

——妻に。

ファティは気を失いそうになった。ひどく速く胸を押し上げてくる鼓動だけが、頭の中で響く。

「……すごく、すごく嬉しい、です」

俯いたまま両頬に手のひらを当て、ようやくつぶやき返す。

「ファティ」

身を屈め、ウェルトは顔を傾けファティに口づけた。

ちゅ、とかすかな音を立ててすぐに離れた唇を追うように見つめていると、大きな手が伸ばされ、その指先が、編んだ髪の先につけた蓮の花を象った髪飾りに触れた。

「準備をしておいてくれるか？」

「はい。あの、でも……」

「――でも？」

聞き返す声が低い。

驚いてウェルトを見上げると、穏やかに微笑んでいた。しかし影のせいだろうか、細められた黒い双眸が少し怖い。

「でも？　……でも、なんだ」

「え？　あの……」

仰け反るようにして一歩下がると、壁の熱を背に感じた。

反射的に振り返って壁との距離を測ったファティの視線を、褐色の太い腕が遮った。パシッと音を立てて手のひらが壁を突き、囲われるような圧迫感とともに上背のある男の影が落ちてくる。

「わたしの妻になる準備に、なにか不都合でもあるのか？」

耳元で、低い声にそうささやかれた。熱い吐息がかかり、ふわりと髪が揺れた途端、首筋から背にかけ、痺れるようななにかが駆け抜ける。

「……っ」

思わず目を閉じ、ブルッとふるえて身を縮めてしまう。

「ファティ？」

「不都合はありません……っ」

必死で答えると、壁に手を突いたまま青年は、もう片方の手で顔にかかるファティの髪を払い、こめかみに唇を押し当ててきた。

「ならばいい」

髪を払った手がそのまま後頭部に回され、滑り落ちた。厚く硬い手のひらがうなじを包み、指の腹でトクトクと脈打つ部分を撫《な》でられる。

「……このまま連れていきたいな」

「え、で、でも」

「……また、でも、か」

「ウェルト様！」

声に不穏なものを感じ取ったファティは、慌てて両手を上げ、丸めた指先を青年の胸元に置いた。

「わたしは、すごく嬉しくて幸せです。わたしも、こ、……このますぐに妻になりたいのですが！」

「……ですが？」

「結婚、となりますと、そういうわけにもいかないし……」

言いながらファティは両手を下ろし、もじもじと身体を揺らした。

「……それに、ですね。あの、今度、王都に行くこともあって忙しくなりますし、少しの間、待っていただけたら、と」

ウェルトは壁に突いていた手を下ろし、熱の移った手のひらでファティの肩を撫でた。

「……ああ、そうだな」

「母の用事がどのくらいで済むのかわかりませんが、王都から戻ったら……」

そこまで言って、ハッとした。

ウェルトは王都で暮らしているのだ。母はウェルトの家に行くのかもしれない。

――挨拶に！　結婚の！

「あ、あちらで、会えるといいですね！」

ふくらんでいく想像にひとりでうろたえていると、ウェルトは優しい仕草でファティの髪に触れた。

「王都は人が多いから、神官長から離れるなよ」

「はい。楽しみですが、緊張してしまいます。王宮も……、目にしたことはありますが、あ

んなに美しい建物の中というのは、どういう感じなのでしょうね？」

結婚の挨拶かも、という想像をごまかすように憧憬《どうけい》を込めて話すと、ウェルトは顔を上げ、形のいい唇に笑みを刻んだ。

「――ただ人が多いだけだろう」

「ええ？」

ファティは声を上げて笑った。

「いけませんよ、ウェルト様。王のいらっしゃるところを、そんなふうに」

「では、言い直そうか」

ウェルトは右足を踏み出しながら両手を伸ばし、そっとファティを胸元に引き寄せた。

たくましい身体が発する馴染みのない異性の熱さに包まれ、ファティはまたうろたえる。

何度かそうやって触れ合ったことがあるのに、それでも――だからこそなのか、どうしても身体が強張ってしまうのだ。

そんな様子に気づいているはずなのに、ウェルトはふいに腕に力を込め、細い身体をきつく抱きしめてきた。

「ウェルト様……？」

「人が多いだけの、美しくて恐ろしい場所だ」

「まあ……」

ファティはぎこちなく笑い、ウェルトの背中に手を回した。力を抜いて身体を預けると、抱き締める腕の力が少しゆるめられた。

「……後で神官長に、いつ王都に発《た》つのか聞いておこう」

「お母様に？」

「ああ。向こうでおまえたちを待っている。許しがあれば、渡し場に迎えに出よう」

「許し？　ですか？」

「父の許可だ」

短い答えをもらい、ファティは得心する。

「では、ウェルト様のお父様が許してくださいますよう、ハルゥ神にお願いします」

ファティは熱いくらいの肌に頬をすり寄せ、目を閉じた。

結婚もはやく許してくれるようにお願いしよう、と胸にひとりごちる。ぜひとも聞き届けてもらうために、耳の形をした装身具を用意して捧げなくては……。

「だいじょうぶだ」

そんな心の声が聞こえたわけではないだろうが、ウェルトは苦笑した。

「……父はおまえを気に入るだろう」

「そ、そうでしょうか……？」

「なにも心配いらない、ファティ。わたしがそばにいる。……大切にする」

「ウェルト様」

ファティは青年の身体に回した手に力を込めた。

妻になる、ずっと一緒にいられる——全身を甘く痺れさせるこの嬉しさを、どう表していいかわからない。

だが伝えたかった。

「……大好きです」

紡いだ言葉は短いものになってしまったが、頬に伝わる青年の鼓動が自分のそれと同様に速まったのがわかったので、ファティは満足して微笑んだ。


三日後、ファティは母とともにマドュを出た。

同じ東岸にある王都は、水夫が漕ぐ船を使って南に下り数刻の距離だ。朝、早いうちに出発した船は、昼前に着いた。

倉庫が並ぶ渡し場は、多くの船と人でごった返している。

王都に渡し場はいくつもあったが、マドュの小さな町とは比べ物にならない。

強い日射しが降り注ぎ、どの顔も汗や泥、砂で汚れていた。その人いきれと、荷揚げされる魚や、交易船が運ぶ香油などが混じり、独特の臭気となって鼻を刺す。

「……」

頭から日除けの白い布を被ったファティは、鼻の下を指で押さえながら、きょろきょろとあたりを見回した。

「ファティ？」

先に舟を下りていたナルムティが訝《いぶか》しげに呼びながら、同じ布を被った姿で振り返る。

「はやくしなさい」

「はい……」

答えながらもファティの目はあちこちをさまよい、やがて両肩とともにため息が落ちる。

ウェルトはいなかった。

もしかしたら別の渡し場に行っているのだろうか。

あるいは時間が合わなかったとか、急な腹痛に襲われたとか……。

――お父様にダメだと言われたのかしら。認めたくはなかったが、その可能性も最後につけ加えた。

そうだったらどうしよう……、と胸が痛みだしたとき、足の遅い娘に焦れたのか、ナルムティの鋭い声が飛んでくる。

「ファティ、行きますよ！」

「はいっ」

ハッと顔を上げて母の背を探し、封をされた壺《つぼ》の荷を担ぐ男たちの列を避けながら駆け出した。

ナルムテティは、軽く息を切らす娘を険しい目で見て背を向ける。疲れているのか、機嫌が悪い。普段よりも厳しい表情で、無駄口も利かず足早に進んでいく。

緊張しているのかしら、と思ったが、深くは気にしなかった。気難しい母の機嫌を探るよりも、ひょっとしたら今後、ウェルトとともに暮らすことになるかもしれない王都の様子に、十六歳の心と目は飛んでいく。

編んだ髪の先につけた、蓮を象った美しい飾りに触れて位置を直し、じっとりと湿った首筋を撫でながら顔を上げる。

王都全体が焼かれているように熱い。見上げる先がぼんやりと揺らめいて見えた。

大河から続く斜面のゆるい高台は、密集した建物で囲まれていた。神殿や兵舎、様々な工房など公の建物も多く、それらの合間を埋めるようにヤシの木々が並ぶ。

高台の頂《いただ》き付近には、中心となる神殿や王宮を囲う白く輝く周壁が聳え、輝いている。

「……すごい、わ」

まぶしさもあって、ファティは思わず目を閉じた。

三章

人払いがされた謁見室は静まり返っていた。

焚かれている香木の薄煙が漂い、独特の匂いに満ちている。

立ち並ぶ太柱が支える天井は高く、柱の合間に飾られた神々の彫像には、惜しみなく黄金と宝石が象嵌されていた。

明かりとりから斜めに降り注いでいる日射しが玉座を照らし、さして角度もなく上げた視線の先には、かすかに光を弾く爪先《つまさき》だけが見えた。細かな模様がほどこされた黄金のサンダルだ。

三十年近く国土を守護してきた、偉大なる王。

そのイメンカナティ王は、入室した母娘を見て「ナルムティか」と言ったきり、黙り込んでいる。

胸を叩く自身の鼓動をいくつ数えても、次に続く言葉はない。

「……」

ファティは不安が募り、深く頭を垂れたままそっと隣に目をやった。

同じように両膝を突き、腕を差し出して頭を下げるナルムティがいる。高い鼻の目立つ痩せた顔は落ち着いていた。

母から目を離し、ファティはかすかに身じろいだ。

——なぜ、こんなことになっているのかしら？

王都にある神殿のひとつに行くのだろう、と思っていたのだ。ところが母に先導され、想像よりもはるかに巨大な城門の前に着くと、まっすぐに王宮の中へと案内された。

それでもまだ、王宮の中にある神殿に行くのだろうか、とのんきに思っていた。しかし、連なる巨大な円柱に見下ろされながらどんどん奥に進み……。

そうして、ふたりはいま王の前で平伏し、次の言葉を待っている。

「……十七年経つか」

ようやく玉座からかすれた声が聞こえ、一瞬、ファティの心臓が跳ねた。

しかしその言葉をきっかけに、ナルムティは ゆっくり手を下ろし、顔を上げた。

「十六年です、イメンカナティ王よ」

常と変わらない、抑揚を感じさせない声でナルムティが訂正すると、王は「そうか」とだけ答え、不遜《ふそん》さを咎《とが》めなかった。

「ではその娘は、十六になるのだな。……十五、か？」

母に横目で見られ、ファティは自分のことだと一拍遅れて悟る。

化粧墨で囲った大きな目を落ち着きなく動かし、結局、王の爪先あたりに視線を当てた。

「……十六でございます」

「名は」

「ファティと申します、偉大なる王よ」

「うむ。……では」

王がわたしに話かけている——ファティはめまいを感じて目を閉じた。

心臓が激しく鳴っている。ドク、ドクと耳奥で太鼓を打ち鳴らされているようで、続けられた王の言葉を聞き逃してしまった。

「——よいな？」

「え？」

思わず勢いよく顔を上げてしまい、そのまま目を離せなくなる。

日射しで白く輝く光の中に座すイメンカナティ王は、古《いにしえ》からの王の装束と装身具で身を飾り、高台に据えられた玉座から見下ろしていた。

老いている。

頭につけた太い縞《しま》柄の頭巾《ネメス》に縁どられた褐色の顔には、深いしわがいくつも刻まれていた。透かし細工をほどこした四角い胸飾りの下も、王という名のもたらす力強さを感じられない、肋骨《ろっこつ》の浮くほど痩せた老人のそれだった。

ファティの様子をなんと思ったのか、それでも王はとくに変わった動きを見せず、もう一度、言った。

「これからは、ネフェルファティと名乗るのがよいだろう、と申したのだ」

「ネフェルファティ……？」

ネフェルとは「美しいもの」を意味し、王族や貴族などが好んで使う。つまり「美しいファティ」とわざわざ呼ばせることになるのだ。

高位の人たちならばそれでよいだろうけれど、わたしが？　なぜ？

ファティは首を傾げた。すると王も「ふむ」とつぶやき、同じように首を傾げる。

「ナルムティの若い頃に似ている……気がするな。目が大きく、口元は愛らしい。身体は細いようだが……、うむ、まあ、十六ならば、すでに子があってもおかしくない歳だ。よかろうな、ナルムティよ？」

「王がお決めになられましたことならば、従います」

「従う、か」

王は外見にふさわしい、力のない乾いた笑い声を上げた。

「おまえがその口で言うか。……まあ、よい。ネフェルファティよ、おまえは今日からここで暮らすのだ。余のそばで。余の王女として」

「………？」

——余のそばで？　余の王女として？

空耳だろうか？　公に使うものではない小さな謁見室とはいえ、王の御前で指の先まで冷たくなって緊張しているというのに――それとも、緊張のあまりの夢なのだろうか？

返事どころかまばたきも忘れて放心するファティの隣で、母の細い身体がサッと動いた。

ふたたび両腕を差し出し、ファティに向かって床につくほど頭を垂れる。

「お喜び申し上げます、新しき王女ネフェルファティ様」

「お、……お母様……？」

ファティは、平伏したまま妙なことを言いだした母の、香油で輝く黒髪を見下ろした。

なにをおっしゃっているのですか、と問いたかった。いつものようにどこか冷たさを含む声音で「帰りますよ」と言って、この場から連れ出してほしかった。

しかし出てきた言葉は、ただ母を呼ぶ短いものでしかなかった。

「お母様……！」

「ナルムティとお呼びください。もしくはハルゥ神に仕える者、と」

「……いやです」

「困りましたね」

言いながら、ナルムティが頭を上げた。歳を感じさせるが美しいその顔は表情を変えず、しかし黒い目だけが奇妙な熱を孕《はら》んでじっとファティを見つめている。

「あなた様はたしかにわたしの娘ですが、同時に、王の御子《みこ》。イメンカナティ王の娘のおひとりなのです」

「…………」

「お伝えせずにいたことには、どのような罰もお受けいたします。——ですが、これからはどうぞ、王女としてお幸せになられますよう」

「お母様！」

ファティは高い声を上げてナルムティの言葉を遮った。

母までおかしくなったのだろうか、と思った。

王都の北の外れにある小さな神殿の内で育った。王宮など、これまで二、三度しか目にしたことがない。

——王女にするならば、なぜそんな暮らしを。

ファティは父親のことはなにも知らない。ナルムティは教えてくれなかったし、父親どころか、ふた親のない子もめずらしくない。

だからといって、父親が王だなどと、あまりに突飛すぎる。

「……お母様、帰りましょう？」

涙目になったファティが、身を絞るように両手を組み合わせて懇願すると、ナルムティはスッと眉根を寄せた。

「あなた様がお帰りになるのは、ここでございます。王宮の、王のおそばです」

「この娘は混乱しているのだ、ナルムティ」

苦笑を含んだ王の声が割り入る。

「仕方あるまい。なにも知らずに育ったのだ。落ち着くまで、おまえも王宮に住まうがよいだろう、な？　おまえは王女の生母ではないか。……そうだ、そう！　おまえにも部屋と女官を与え、不自由のないようにさせる。ネフェルファティのためにそうせよ」

「……」

声に出しては答えず、ナルムティはただ頭を下げた。

ファティはブルッと身体を震わせた。王に対しても「いやです」と言いたい。王が父であるなど、王女であるなど――そんなことを急に言われて受け入れられるはずがない。

だが「いやです」と拒否した途端、与えられるものはなにか？

ファティはゾッとした。容赦はされないだろう。たとえ王家の一員であったとしても、神である王の言葉を拒絶すれば殺されても仕方のないことなのだから。

「お母様……！」

「――王よ」

混乱を極めるファティの耳に、カツ、と大理石の床を叩く足音が届いた。

硬いサンダルの底が立てるその音は、神殿の踊り子の持つ鈴の楽器のように素早く大きく響いて、王を含めた全員を黙らせた。

静まり返ったその中で、男は低い声を響かせた。

「遅くなりました、我が父、我が王よ」

大きな影がファティに重なり、柔らかな薄布のように肌の上で揺れ落ちていく。

衣擦《きぬず》れの音とともにふわりと漂った香りに誘われ、ファティは顔ごと視線を向けた。

一歩の距離を置いてファティの横で片膝を突いたのは、長身の青年だった。褐色の肌をしていて、広く厚みのある両肩を覆う、青金石《ラピスラズリ》を象嵌した幅広の胸飾りをつけている。

その胸飾りにこぶしを当て、彼は頭を下げた。黒と言うにはいくらか色の淡い、くせのない長めの髪の先が、日焼けした精悍《せいかん》な頬にかかっている。

「王の息子セトウェルがご挨拶申し上げます」

「……え？」

王の息子セトウェルを名乗った青年の、俯けられた端整な横顔を見つめ、ファティは愕然《がくぜん》とする。

――ウェルト様……？

これまで目にしてきた質素な装いとはまるで違うが、見間違うはずがない。

ファティは唇をふるわせた。

高貴な御方なのかもしれない、と思うことはあった。そこらの者とは雰囲気が違い、言葉遣いも所作もなにかもが美しく端正であったから。

黄金をまとうことに違和感もなく、堂々と王に顔を向ける青年を見つめたまま、ファティは得心する。――そう、彼は言った。王の息子、と。つまり――。

「セトウェル、余の娘だ。王女ネフェルファティである」

「はい」

頷いたセトウェルは、王の指し示す方へゆっくりと首をめぐらせる。

「存じております」

化粧墨で細く縁どられた美しい黒い目が細められた。

「ネフェルファティ、これは余の息子だ。セトウェルという」

「……」

わたしも存じております、と返す言葉が喉に貼りついて出てこない。

ウェルト――セトウェルと視線を絡み合わせたまま、ファティはこくりと唾《つば》を飲み込んだ。

黒い瞳の中に答えを探すが、神ならざる者に読み取れるはずもなかった。青年はただわずかな熱を込めた目で、じっとファティを見ている。

――彼の目に、わたしはどう映っているのだろう？

なにも知らない、愚かな娘？

それとも、突然王宮に迎えられた運のいい娘……？

「新しい王女は、おまえの妻にする」

見つめ合うふたりになにを思っているのか、しかしその声音になんの感情も乗せず、王は淡々と告げる。

「王女ならば、それにふさわしい立場の者を夫にせねばならぬ。ホルヘテプにはすでに妻を与えた。おまえにも約束通り姉妹を与えよう。よいな」

「御意」

短く答え、セトウェルはまた頭を下げた。

外された視線に、なぜか置き去りにされたような心の痛みを覚え、ファティも俯いた。

この、隣にいる人は、だれなのだろう……？

頭の芯《しん》が痺れたように痛む。理解できない——したくない。

ネフェルファティという仰々しい名前とともに、王女という言葉も耳慣れないものだった。

しかし王は妻になれと言う。愛しい人と同じ顔をした、知らない名前の王子の。

わたしはウェルト様の妻になるのに？

王女として——王女として？　この人の妻に……？

ウェルト様の——セトウェル王子の……？

「……っ」

途端、理解した。

知っていたのだ、彼は。だからマドュに来た。だからわたしを妻にと。

だから――だから、ウェルト様は――セトウェル王子は、わたしを好きだ、と。

「……」

ファティは目を閉じた。

ウェルトという名前の青年が額に口づけ、ささやいた言葉を思い出す。

ここは。

王宮は。

――美しく恐ろしい場所……。

閉じた瞼が作る薄闇の中で、突いた膝からずぶずぶと泥濘《ぬかるみ》に沈んでいくような、そんな錯覚にとらわれた。

＊　＊　＊

国土は南から北へと流れる一本の河沿いに、細長く続いている。

ひとつきりのものであるため固有の名などなく、ただ大河《ハピ》と呼ばれるその流れが、眼下に広がっていた。

夕刻の赤に染められた空の下、金色に輝く水面をゆったりと進む船の黒い影のひとつを見つめながら、ファティは背後の室内にいるナルムティを呼んだ。

「お母様」

――王都の謁見を済ませた後、王宮の一画に部屋を与えられた。

ほかの王女たちのように後宮ではなく、王が使う場所からそう遠くない、厳重に守られた王宮の奥にある建物のひとつだった。

小さな神殿では目にすることもなかった、黄金細工のすばらしい装飾品が無造作に置かれた部屋は、壁に神々の物語を記した聖刻文字が踊り、床には淡い赤色の大理石が使われている。

背もたれに蓮の花を刻んだ黄金の長椅子、大河の青を思わせるガラス製の卓、紅玉髄《カーネリアン》で飾った大きないくつもの櫃《ひつ》。化粧台は壁に沿って長く設けられ、浮き彫りにされた女の像の差し出された手のひらが棚代わりとなり、華奢《きやしや》な化粧道具が並べられている。

王家の女性のために調えられた、華麗で豪奢な部屋だ。

だがこうしたものにファティは当然、慣れていない。逃げるようにして、薄布で室内と仕切られた半円の狭い露台に出たところだった。

「……お母様?」

もう一度呼ぶと、王から下賜された装身具や布などを片づけていたナルムティが、ようやく返事をする。

「なんでしょう、王女よ」

「なぜ教えてくださらなかったのですか?」

詰《なじ》るものが混じり、語尾がふるえた。

薄布を手で払い、横に立って同じように外を見下ろしたナルムティは、しかし常と変わらず淡々と答えた。

「申しわけないことをしたと思っております」

「……わたしが王の……娘なら、なぜ、王宮の外で育てられたのですか?」

「アリウトを失ったとき、わたしはここから出ていくことを望みました」

「……っ」

ファティは鼻先で指を鳴らされたように、顔をしかめて身を竦めた。

アリウト。

その名を口にするとき、母は苦痛を感じているようにつらそうな表情をする。

だが今は、母はなんの感情も見せなかった。

「あなた様は生まれたときひどく弱く、育たないと思われておりました。王はわたしの勝手をお許しくださり、市井《しせい》の者として育てるのがよかろう、と」

「……アリウト姉様とお母様は王宮にいたのですか?」

「はい。わたしは王の御子のひとりの乳母《うば》を務めていました」

「乳母……? じゃあ、アリウト姉様は? 姉様も王の子なのですか……?」

自分が生まれる前に亡くなったという姉の話は、母との間で長く交わされることがなかった。慎重に尋ねたファティに、ナルムティは「いいえ」と首を横に振る。

「いいえ、あの子は夫の子です。役人をしていた夫とふたり王宮勤めになり、わたしはアリウトと後宮にいたのです。……夫が死に、アリウトも失い、わたしは後宮勤めを続ける気力を失いました。あなた様を抱いて、王都からも去ったのです。あなた様は王の御子でしたが……後宮では、手元に置いて養育されてもよいと、そうおっしゃってくださる方はおりませんでしたので」

王のための後宮で、乳や女手が足りないということはなかったろう。だが、後ろ盾もない女の赤子を引き取る奇特な者がいなかったのは当然かもしれない。

「……捨てられたのですね」

ぽつりとつぶやくと、ナルムティはハッと顔を上げた。

「違います、わたしが恐れ多くも望んだのです、この子と離れたくないと」

「……なら、なぜこのままではいけなかったのですか？　なぜ、急に？」

ファティは声をひそめて問うた。それこそが聞きたいことだった。

イムエフ王子のように、父王よりも先に死者の国へと旅立った王子王女もいるので、直系の子は歴代の王に比すれば少ない。それでも、イメンカナティ王に子がないわけではないのだ。

捨てた形の娘など、しかも何人もいる王女のひとりとして改めて迎える必要などなかっただろうに――。

「……どうしていまさら、わたしなんかが！」

「ネフェルファティ様」

「そんな名で、呼ばないでください……！」

ファティは母に目をやり、夕日に赤く染められた顔を見つめた。

くっきりと陰影の落ちる顔は、見知らぬ他人のようだった。

「王にいただいた御名でございますよ。ネフェルファティ様と、そう呼ばれることに慣れなければ」

「やめて」

鋭く言って、ファティは母の言葉を遮る。

「今度は、お母様に捨てられるのね？　王女という飾りをつけさせて、わたしを捨てるのね？　……わたし、わたしは――」

「ネフェルファティ」

取り次ぐための侍女も通さず、くり貫いた壁の縁を黄金で飾った出入り口から、見計らったように声がかけられた。

ファティはハッとして口をつぐみ、部屋を横切り足早に近づく青年に目をやった。

「中に入れ。食事を用意させている」

薄布を持ち上げ、狭い露台に立つふたりの女を見下ろす横顔に、夕刻の光が射す。

「……ウェルト様」

一歩、後ずさりながらファティの唇は慣れた名を紡いだ。

ウェルト様、ウェルト様、と繰り返し呼んだその名を。

しかしナルムティがあっさりと否定する。

「セトウェル様です、王女よ」

「かまわぬ。……ナルムティ、奥を見てきてくれ」

「かしこまりました」

母が行ってしまうと、ファティは肌をチクチクと突き刺されるような気まずさに、黙ったまま目線を下げた。

目の端に、たくましい男の身体が映る。壁に描かれるハルゥ神の姿より、ずっと美しい筋肉のついた褐色の身体。身を包むのは黄金で、ひだをつけた腰布の前には幅広の飾り帯が垂れる。

太い手首に巻かれた黄金の装身具がきらりと光り、布を押し上げていたセトウェルの手が素早くファティの頬に触れた。

「……っ！」

「話したいことはたくさんある。お前が聞きたいこともあるだろう、ファティ？」

ざらついた指の先が肌を滑り、顎をつかんだ。グ、と持ち上げられ、ウェルトという名前で知った青年と視線が絡む。

――だが違う。違う名前の男の顔……。

女のようにふっくらとした形のいい唇も、高い鼻も。瞬く星を内包する夜空のごとくきらめく黒い目でさえも同じであるというのに。

それでもその美しい目にごく間近で見つめられ、ざわめきが胸に生じた。

ファティはふいと視線を逸らした。

「ファティ」

しかし顎をつかむ手に力がこもり、視線ひとつの拒絶も許さない、と言外に伝えられる。

「……っ」

そうだった、と思い出す。

この人は、こういう人だった。女のように甘く麗しい顔貌をしながら弱々しいところなど微塵《みじん》もなく、表情ひとつ変えることなく絶対に譲らない。

それが王子という高位の立場から来るものであったなら、納得もできるというものだった。

ファティはため息をついた。

「……わたしを王の血筋と知っていたのですね？」

「ああ、そうだ」

敏《さと》い青年は、すぐにそう答えた。

「おまえを見たかった。だからマドュに赴いた」

――ああ、やはり、と思った。驚いたことに、湧いたのは悲しみではなく怒りだった。血を流す自分の心から目を逸らし、ファティは湧いたその感情にすがりつく。

見知らぬ王子ならば、反駁《はんばく》することなく頭を垂れるばかりであったかもしれない。だが目の前の青年はたしかにウェルトであるのだ、と心のどこかで認めていたのか、感情のままに言葉は飛び出した。

「最初から、そうおっしゃってくだされればよかったのに」

キッ、と目に力を込めてウェルト――セトウェルを見上げ、張りつめた心がしぼむ前に続ける。

「最初から、わたしを見に来たと。ご自身のことも……わざわざ偽名まで使わずに、そうおっしゃってくだされば……！」

「……」

「こんなに、好きになる前に」

上目遣いにセトウェルを睨む目に、じわりと涙が滲む。

ひどいひどいと、心が叫びだす。なにがどうひどいのか、自分でもうまく言葉にできない。

形にさえできはしない。

ウェルトという名前の青年が好きだった。傲慢《ごうまん》なところもある人だったが、それ以上に優しかったから。

けれど彼は偶然、ハルゥ神殿を訪れたのではない。声をかけてくれたのも、微笑んでくれたのも、髪を撫でてくれたのも——全部、ファティが胸をときめかせたものとは異なる理由から発したものなのだ。

この身に流れる血を知っていたから。

そうでなければ、マドュにいる限り会うことも、姿を目にすることさえ叶《かな》わなかった相手なのだ。

好きなのは自分だけの気持ちで、知っていたこの人は。

……この人は？

好きだと言ってくれた。妻にしたいと。

なのに——なのに……！

同じ気持ちを抱いたから、自分の想《おも》いに応えてくれたのだと思っていた。その狂おしいばかりの喜びが頭の中で色を失い、ひらりと揺れる影になって消えていく。

「驚かせたことは謝ろう」

黙り込んだファティに、セトウェルは優しく言う。

「身分を明かさなかったのは、仰々《ぎょうぎょう》しくされるのが性に合わなかったからだ。だが、素のままのおまえを知ることができたし、よかったと思っている」

「……」

「わたしはおまえに王女になってほしかった」

「……なぜですか？」

「王がそれをお望みになった、というのもある。だがそれ以上に、わたしのそばにと願ったからだ。わたしは王の息子だ。妻には、同じ血が望まれる。出会いの経緯がどうあれ、神々に感謝した。――おまえでよかった、と」

にっこりと、セトウェルが笑った。

美しいその笑顔が、ウェルトのものと重なっていく。マドュで出会った、愛しい人の笑顔と。

当たり前じゃない、と心の中で声がする。同じ人なのだから。

「おまえは？」

「……え？」

「わたしを夫にしてもいいと言っただろう？　わたしが王の息子ではいやか？　わたしが夫では、不満か？」

ファティは目を丸くして、セトウェルを凝視してしまった。

いやなわけがなかった。不満があろうはずもなかった。夫婦になることを夢見ていたくらいなのだ。

「でも、あなたが、王子で」

唇がふるえ、ほろりと言葉が飛び出した。

「……わたし、王女だなんて。そんなんじゃ、ないのに」

「おまえは王女だ。王の娘だ」

素早く言葉を重ねて遮り、セトウェルは目を細める。

「そして、わたしの妻になる」

「……」

セトウェルの言葉のひとつひとつに、心が揺らされた。

本当なのだろうか、と疑っている。それでも――それでも。胸の奥で、喜びが火花のように弾けてしまう。

「……でも、わたしは、あの……」

ファティは混乱する感情から目を背けて俯き、下ろした両手を組み合わせて無意識に身体を揺すった。

「……わたしは、本当に王の……？　お母様は、どうして……」

「ナルムティは後宮で乳母をしていた。王の寵《ちょう》を受け、子を孕んだ。おまえだ」

「……」

「出産後、ナルムティは後宮を出た」

「だからマドュの神殿に……？」

これまで過ごした小さな神殿を頭に浮かべながら訊き返したが、すぐに答えはなかった。見上げると、青年は逸らしていた視線をゆっくりと戻し、小さく頷いた。

「すぐに神官長というわけではなかったようだが、ナルムティはもともと神官の家系の出だ。ほどなく長となったと聞いている」

「……王に、お聞きしたのですか？」

ナルムティが後宮を出たときに自分はまだ赤ん坊だった。そしてその頃、セトウェルは五つか六つのはずだ。

もちろん、マドュに来る前に色々と調べたのだろうが、淀《よど》みなく答えるのが不思議だった。

「いや、以前、イムエフ兄上が教えてくださった」

「イムエフ様？　ですか？」

ファティは首を傾げた。

王のごく若い頃の子供であるイムエフ王子は、ナルムティとさして歳が変わらなかった。

その王子が亡くなったのは先月のこと。三十を越えたばかりの頑健だった王子のはやすぎる死は、悲嘆とともに国土の隅々まで知らされていた。

いずれ王の共同統治者として即位するだろうと噂《うわさ》されていた矢先だったので、なおさら嘆きは深かった。

ファティもそれらを耳にしたことはあったが、亡くなった王子の名前が出たことに、それでなくとも混乱している頭が追いつかない。

「イムエフ様が、なぜお母様のことを？」

セトウェルはひとつ息を吐いて、ゆっくりと唇を開く。

「……イムエフ兄上は、ナルムティを気にかけていた」

「どうして、そんな御方が？」

「イムエフ兄上は、公正で優しい方だった。ナルムティに同情されたのか……、いや、どこからか耳に入る前に、わたしから伝えておこう。ファティ、イムエフ兄上がおまえの父親ではないかと疑う声もあるのだ」

「……！」

イムエフは王の息子だ。その子であれば、王の血を引くことに変わりはない。しかし「王」の子と、「王の息子」の子では立場も称号も違ってくる。

「そ、そんなこと……、お母様は、なにも……」

目を見開いてセトウェルを見つめる。だが刻一刻と夜の色が増す暗がりの下、青年の表情はよくわからなかった。

「……わたしの父は」

「イメンカナティ王だ。王が認められたなら、それが真実となる」

セトウェルはきっぱりとした声でファティのつぶやきを消した。

「おまえは王女だ。わたしの異母妹だ」

「……」

そうだ、とファティはいまさらながら理解した。

同じ王の子ならば、目の前のこの青年とは半分血のつながった兄妹になる。

王の妻には、姉妹が選ばれた。そして王に準拠し、王家の男子も同じ血を残すため、姉妹を娶《めと》ることが多かった。

神々に連なる王家にとって、近親婚は望ましいものなのだ。

だがファティの育った市井では、従姉妹《いとこ》や姪《めい》といった親族を男が妻にすることはあったが、兄弟姉妹での婚姻など聞いたことがないものだった。

「どうした？」

「え……」

ぼんやりと、ファティは異母兄だという青年を見上げる。

異母兄――しかしセトウェルを兄として見ることも、思うこともできなかった。

ウェルト様、と心の中で呼ぶ。

同じ顔。同じ声。同じ眼差し、同じ……。

そう、たしかに同じ人なのだ。

兄だなどと思うこともなく、好きになった人。

セトウェルという名の王子だったとしても——その人の、そばに。妻に。

また心臓どころか全身がドクドクと脈打ち熱くなり、ファティは俯いた。

こんなにもまだ混乱しているというのに、それでも妻になれる、そばにずっといられるのだと、そのことにたしかに心は喜びはじめている。

——でも王女なんて……。

「聞いているか？」

視線を逸らせたファティの顎から手を外し、セトウェルは指先を、頬から耳の下をくすぐるように滑らせた。

思いのほか力強く触れていく硬い感触に、逃げるように身を竦ませる。

「き、聞いています、ちゃんと」

「そうか」

セトウェルは距離を詰め、ファティの背に腕を回し優しく押した。

「食事の後でまた話そう、ここはもう暗い」

美しく盛りつけられた料理は、黄金や透き通った高価なガラスの食器で供され、その輝きだけで目をくらまされる。

なにを食べているかなど、わからなかった。それでもいくらか口に入れているうち腹が満たされ、気持ちも落ち着いていく。

セトウェルは食事の間、食べる以外であまり口を開かなかった。もっと食べなさい、と勧められるぐらいだった。

やがて灯火皿に垂らした香油の匂いとともにあたりに夜が満ちると、女官たちがファティを小さな湯殿へ案内した。

昼の暑熱で暖められていた湯に浸《つ》かり、慣れた手で世話をされた。

ひとりなら耐えられなかったが、ナルムティがそばを離れずにいてくれたので、王女として扱われることに我慢した。

だが母は無駄口を利かず、人目を気にしてファティも話さなかった。露台での言い争いは、胸にじくじくと痛むものを残していた。

湯から上がると肌に軟膏をすり込まれ、柔らかな白い夜着を着せられた。髪には花の香りのする香油をつけられ、編むことなくそのままにされる。

そして精神的な疲労でふらふらになったファティが通されたのは、青銅製の扉で仕切られた部屋だった。

灯りは控えめだが、黒く塗られた天井に描かれた白い星々の下、黄金の細い四柱に支えられた天蓋《てんがい》付きの寝台は、ちらちらと瞬き光っている。

その白い敷布の上に、床に足をつけてセトウェルが腰を下ろしていた。

「……来たか、疲れただろう？」

手にしていたゆるく巻かれた書簡から目を上げ、王の息子は微笑んだ。

「話をしようと言ったが、明日にして今夜はもう休もう。さあ」

装身具を外し、膝丈の腰布を巻いた姿で、斜めに受ける淡い灯りがくっきりと筋肉の輪郭を浮き出させていた。女とはまるで違う、柔らかさのない大きくたくましい身体――。

「……どこへ行く」

思わず後ずさったファティに、セトウェルが声をかける。唸《うな》るような低い声で。

「あの……、母の、ナ、ナルムティのところに」

「おまえは今日から、ここで休む」

「え？」

「わたしたちは夫婦になる。増水季《アケト》が明ければ、すぐに。王は、王宮に不慣れなおまえのため、ここを用意してくださったのだ。――わたしと一緒にいるように、と」

「……」

ここに。

セトウェルと一緒に。

食事だけではなく、眠るときも……？

カッ、と頬が熱くなった。気づけば背後で扉は閉じられていて、密閉された寝室でふたりきりになっている。

「さあ」

書簡を足元に落とし、手を差し伸べるセトウェルから目を逸らして、ファティは胸の上で両手を組んだ。

「……わたし、あの、あちらの椅子で」

水辺の景色を描いた壁に沿って置かれた長椅子のひとつを指差す。

「なんでしたら、あの、床でも」

「なにを言っている」

呆《あき》れたように言いながら立ち上がったセトウェルが、ひと息に距離を詰めた。

「……どうした？」

ファティの肘をつかむと、青年は身を屈めて顔を寄せてくる。

「いやか？　わたしを許せないか？　……いやか？」

「……っ」

低い声とともに温かな息が耳朶《みみたぶ》に触れた。ふわ、と髪のひと房が揺れて、肌をくすぐった。触れているのは、つかまれた肘だけ。だがセトウェルから素肌の熱さや匂いが伝わり、それらにじわりと縛られていくような気がして、動けなかった。

「……いや、とかではなくて、そうではなくて……」

「そうではなくて？」

その先を促すように同じ言葉を返し、セトウェルはつかんだ手はそのままに身を離した。

ファティはわずかに身体の力を抜いて、息を吐く。

「……気持ちがついていかないのです。なぜ自分がここにいるのか、なんだか……神々の夢に紛れ込んでしまった気がして……」

顔だけでなく、全身が熱くてたまらなかった。できるなら身を縮めて大声で喚《わめ》くか泣きだしてしまいたくなる。

「わたしがお慕いしていたのは……ウェルト様です」

落ちた水の中から助けてくれた人。

髪飾りをくれた人。

葡萄を食べさせてくれた人……。

「マドュの町で出会った、あの人なのです」

そっと顔を上げ、知らず浮かんだ涙で濡れる目で仰ぎ見た。

セトウェルは眉根を寄せ、秀麗な顔に厳しいものを浮かべている。

「わたしがウェルトと知っても、そう言うのか」

「……あなたは、セトウェル様です、王の息子の――」

「ウェルトだ」

鋭く言って遮ったセトウェルの手に引かれ、ファティはまるで巻き込まれるようにして懐に抱かれた。

「結果として騙《だま》したことは、謝ろう。だがファティ、この名は偽りのものではない。わたしの幼少の頃の名だ。いまでも、母である第三王妃は使っている」

「王妃様が……？」

「名前が変わるなどめずらしくないだろう？　ウェルトとして出会い、ここにいるのはセトウェルだ。同じだ、ファティ。おまえの前では、ただの夫だ」

背中に回された両腕にきつく縛《いまし》められ、隙間《すきま》なく触れ合った肌が熱を増していく。

苦しさより、なにか得体の知れない痺れるような感覚が腹の底から突き上げ、ファティはギュッと目を閉じた。

「わたしの前では、おまえもただのファティだ。……妻だ」

「……」

「いやか？」

セトウェルはそう訊いた。しかし繰り返されたその確認の言葉は、問いの形をしながらどこか不穏な色を含み、低く重く、ファティの胸に落ちていく。

「……いや、では……、あの、セト……ウェル様……？」

気づけば膝から力が抜け、寄りかかるようにしてたくましい身体にすがりついていた。

「セトウェル様……」

夫となる青年はすぐに腕の位置を変えて抱き直し、ファティのふわりと広がる髪を指先で梳《す》いて、現れた細い首筋に唇を軽く当てた。

「わたしがいま、どれだけ嬉しいかわかるか……？　ふたりきりで、ここで、おまえを腕に抱いて」

「……っ」

「わたしの妻にできることが、どれだけ嬉しいか……」

重なり合う胸元から、どくどくと、互いの鼓動が響いて混じり合う。

身体が溶けていく気がした。身体と――心に残っていたものが。

もういい――と、声がする。

もういい。

なぜ自分が王女にとか、自分を欲する気持ちの在処《ありか》も、もういい。

出会いの経緯がどうであれ、自分を抱きしめるこの腕の持ち主を好きになった。

セトウェルという名の王の息子。

王女という冠を戴《いただ》けば、この人の妻になれるというなら。

妻になり、ずっとそばにいられるなら——……。

ファティは自分の手に力を込めた。

「セトウェル様……！」

「ファティ」

吐息とともに満足そうに名前を呼んだセトウェルは、片手を滑らせファティの膝裏に当て、軽々とそのまま持ち上げた。

横抱きにされたファティが目を見開くと、微笑んだ顔が近づき、くすぐるように唇が頬をかすめていく。

「おまえはわたしのものだ。——わたしだけの、わたしのためだけの王女だ」

「は、はい……」

内側で火が燃えているのではないだろうか、と疑うほど顔が熱い。全身に響く鼓動の激しさに、手足がカタカタとふるえだす。

そんなファティをしっかりと抱えたまま、セトウェルは踵《きびす》を返し、寝台へ足早に戻った。

白い敷布の上に足を伸ばした格好で下ろされたが、落ち着かずに身体を起こすと、セトウエルがすぐに覆い被さるようにして両脇に手を突いてきた。

「あ……」

翳ったその顔を見ることができず、目線を下げる。

セトウェルは両手でファティをはさんだまま、寝台の縁に腰を下ろした。ギシッと軋《きし》む音がかすかに響く。香油とも軟膏とも違う匂いがふわりと鼻腔をかすめ、セトウェルの顔が重ねられた。

少し開いたままだった唇に、啄《ついば》むように口づけられる。

「……っ」

全身をキュッと絞られたような痛みが走り、ファティは息を止め、きつく瞼を閉じた。

竦む身体に硬い両腕が回され、その片手が髪を梳いて後頭部をつかんだ。そうして押さえられたまま、口づけはより親密なものになる。

「ん……っ」

唇の合わせ目を舌先でなぞられ、反射的にピクッとふるえて開くのと、セトウェルの舌が差し込まれたのは同時だった。

ひとつの生き物のように動き、性急に口腔内を征服される。驚いて縮こまった自分の舌に、セトウェルのそれが絡みついて、生々しい音を立ててすり合わされた。

くぐもった声が漏れるのが、遠くに聞こえる。餌《えさ》をねだる子猫のような細い声。

「ん、んん……」

青年の熱く重い身体に押しつぶされ、淫らな音を立てて舌を絡められ、吸われ、息さえもできず。

それも寝台の上で。ふたりきりで。

「ふ……ぅ……っ」

強烈な日射しに焼かれているように全身が熱く、苦しさから必死で身をよじる。

セトウェルの手の力がゆるみ、舌先が唇を舐めて離れた。

鼻先が触れ合うほどの距離で見つめられ、目を閉じることもできずにいると、潤んだ目から涙がこぼれた。

「ファティ……」

後頭部をつかんでいた手が外され、その親指でそっと拭われる。

「おまえが混乱しているのも、慣れていないのもわかっている」

自分の指先についた雫《しずく》をペロリと舐め取り、セトウェルは、またじわりと涙を滲ませるファティの目元に口づけた。

「――だが、だめだ。待ってやれない」

「あ」

そのままふたたび唇を塞《ふさ》がれ、肩を押されて上半身を倒された。

背に当たる敷布の上に身体が沈み、ギシと軋んだ音とともに、セトウェルが覆い被さってくる。

「ファティ」

名を呼ぶ声は、低くかすれていた。

どうしていいかわからず、ただ身体の脇に投げ出していた両手を上げた。それをセトウェルの肩に置いてすがりつく。

セトウェルは肘をついた片手をファティの顔の脇に置き、傾けた顔を近づけた。もう一方の手が、ぼうっと熱くなっている額を包むように撫でる。

「わたしのものだ」

唸るような一言とともに唇を塞がれ、さきほどより性急に貪《むさぼ》られた。吐息ひとつも、くぐもった声もすべて飲み込まれるように。

「……は……ぁっ」

閉じた目の奥で光が瞬く。熱を発したままの身体をぐるぐる回されているようで、ファティは恐怖に似た不思議な感覚に酔った。

どのくらいそうして口づけされていたのか、ふとセトウェルの唇が離れ、ファティの顎に、首筋に移っていく。

夜着は胸元から包む一枚布を右脇に並ぶ紐で結ぶもので、華奢な両肩はむき出しのままだった。その肌の上にも、セトウェルは唇を這《は》わせていく。

湿った温かい感触に、ファティは慄《おのの》いた。鎖骨の上の薄い皮膚を強く吸われて、声が上がる。普段、意識することもない下腹部の奥から痛みのようなものに貫かれ、とっさに身じろいだ。

「あ、……や……っ」

脇に置かれていた硬い腕が動き、大きな手が夜着の上から触れてくる。ふっくらと張りのある乳房は手のひらで包まれ、指先に力が込められる。

「あ、あの……っ」

上擦った声を上げ、乳房をまさぐる大きな手を必死で握った。

「ウェ、ウェル、……セトウェル様……っ」

「なんだ」

「心臓、がっ、壊れそうです……！」

間近にある黒い目がゆっくりとまばたき、やがて苦笑を浮かべて甘く溶けた。

「そう、だな。急かしすぎた。――では、こうしよう」

セトウェルはファティの上からどき、滑り込むようにして隣に身体を寝かせた。

「えっ？」

重みが消え、喪失感に一瞬、ぽかんとしたファティはしかし、すぐさま横向きになったセトウェルの腕に巻き取られるようにして、同じ方向に体勢を変えられた。

ぴたりとくっついた背中越しに感じる青年の熱さと、筋肉に覆われた硬さのもたらす圧迫感に、息が詰まる。

自分があまりに小さく、頼りないものに思えた。だが同時にその感覚は、甘いものを含んで胸の奥を痺れさせるものだった。

「こうすれば、恥ずかしくないだろう？」

「……い、いえ……」

どうしたって恥ずかしいのだ、と必死に答えようとするが、口がうまく回らない。それでも首を横に振っているのに、あっさり無視された。

「恥ずかしくないな？」

「――ひゃぁっ」

低い声が吐息とともに耳朶をくすぐり、その思いがけない刺激にファティは甲高い声を上げた。

「……」

大仰な反応に驚いたのは、セトウェルも同じだったのかもしれない。少しの間、黙り込んで顔を離したものの、すぐに今度はもっと唇を近づけてきた。確認するように。

「ファティ……？」

「や……っ、ん！」

耳朶を唇で食《は》まれ、舌先で舐められる。ぴちゃ、と故意に立てたような水音とともに、いたずらな舌は耳殻に移り、丹念に弄《もてあそ》ばれた。

横向きにされた身体をぐっと縮め、ファティはビクビクと震えた。口元に当てた両のこぶしを嚙《か》み、荒く息をつく。

揃えて曲げた足を、無意識にこすり合わせる。足の間が疼《うず》いて熱かった。ときおりヒク、ヒク、と脈打つように引《ひ》き攣《つ》る。

ファティはきつく足を閉じた。

男女のことは、神殿付きの奔放な踊り子たちのせいである程度は知っている。ここに――この疼くところに、熱くてたまらないところにいずれ気づかれて。

そして――そして……？

上側になったセトウェルの手が、身体の脇をまさぐっていく。だがそれよりぴたりと顔を添え、耳全体に這わされる舌の動きに翻弄《ほんろう》されてしまう。

大きな熱い手のひらでいきなり内腿《うちもも》に触られ、爪先までビクッとして驚いた。

「あ……っ」

おそるおそる目を開ければ、縮こまった自分の身体から夜着が肌蹴《はだけ》ているのが見えた。

紐はいつのまにか解かれて布が落ち、下半身をあらわにされていた。

白い腹部と曲線を描く腰、足――その腿の内側に、セトウェルの褐色の手が触れていて、まるでファティの視線を待っていたように力が込められた。

「足を開け」

耳元でささやきながらも、返事を待たずに男の手が力ずくで開かせていく。さらに、ぐい、と持ち上げられ、間にセトウェルの片足が差し込まれた。

筋肉に覆われた男の足は、ひどく硬く、重い。それに固定され、中途半端に足を開いた自分の淫らな姿を見ていられず、ファティは目を閉じる。

「や……やだぁ……っ、んんっ」

思わずそう声を上げると、下敷きにしていた手に顎を包まれて持ち上げられ、背後から、まるでファティを押しつぶすように身体を伸ばしたセトウェルに口づけられた。

ん、ん、とくぐもった声ごと吸われ、舌を搦《から》め捕《と》られる。

絞られるような胸の痛みが、まっすぐ落ちていく。腹部を伝い、足の間の秘めやかな場所まで。それを追うように、ファティの身体の側面を撫でていたセトウェルの手が、下腹部を滑ってくる。

「――……っ」

疼き、ときおりヒクついていたそこに、指が触れた。

指先で上下にそっと撫でられ、ファティは撃たれたようにふるえて仰け反った。

「ああ……っ！」

「……濡れている」

離れた唇が追いかけてきて、口の端を舐めた。淡い茂みを撫で、ゆっくりとまた秘所に伸ばされる。一本の指が慎ましく閉じる肉の中に潜り、柔らかく敏感なひだを優しくこすった。

「聞こえるか？」

「や……ぁっ、あッ」

淫らな水音を立てられ、羞恥《しゅうち》を煽《あお》られる。とっさに手を伸ばして、秘所をまさぐる大きな手をつかむが、力が入らない。

ただ重ねただけの手をそのままに、セトウェルは自分のものだと主張するように、蜜《みつ》を滲ます小さな入り口に指を挿《い》れた。

「あ……！」

感じたことのない痛みに跳ねるようにふるえたファティは、無意識に閉じようと足に力を入れた。しかしたくましい足にはさまれたままなので、どうにもできない。

「……まだ痛いか？」

声に気遣う色を乗せ、セトウェルは指を引き抜いた。

「すまない、ファティ。初めてのおまえに優しくしたいが」

「そ……」

そう思うなら今夜はもうやめてほしい、とファティは思った。

——今日、王宮に来た。王に謁見《えっけん》し、おまえは王女だと言われ。あまつさえ、ウェルトがセトウェル王子で。その妻に……。

「……もう少し、慣れてくれ」

「やー……ッ」

足の間の割れ目が押し広げられ、硬いはずの指先が蜜をすくって、優しく、柔らかく、滑らかに動きだした。

混乱する思考が、夫となる青年の手の動きひとつで弾け飛んだ。

突然の強烈な刺激に、見開いた目から涙が溢《あふ》れ、こぼれる。

「あっあっ、あ、あー……っ！」

「ファティ」

熱を持ちすぎて痛いほどの耳に、ささやきとともに舌が這わされる。ぴちゃり、と、頭の中まで舐められているような水音に、息が詰まった。

「……可愛いな、おまえの耳、熱くて柔らかい」

「あ……っ、あ、や……」

「こちらもとても熱くて……潤っていく」

秘所をいじるセトウェルの指が、耳を舐める舌の動きと同調した。上へ、下へと。軽く食むようにつまれ、優しく何度もこすられ、淫らな音を立て——ファティを溺《おぼ》れさせていく。

やがてその指が、押し広げた秘所の上側に移った。硬い指の腹が、探るようにして強く撫でていく。

「きゃ……ッ」

小さななにかに嚙まれたような痛みが走り、ビクッと激しく仰け反ってファティは悲鳴を上げた。

痛い、と全身で示すのに、セトウェルはやめなかった。潤みをすくった指はそこに戻り、今度は執拗《しつよう》にこすりはじめる。

「……や……っ」

痛い——けれどそうではない。痛いほどに刺激的な、それは快感だった。

くちくち、と淫らな水音を立てて長く太い指全体でこすられ、また爪で弾くようにされて。

「あ、あ……っ」

間にはさまれたセトウェルの足を締めつけ、ファティは悶《もだ》えた。苦しいほどの快感がせり上がり、呼吸さえもうまくできずにただ喘《あえ》ぐ。

セトウェルの指の動きが速まった。

「ファティ」

耳元でささやく甘くかすれたその声に応えるように、ファティは初めて絶頂を迎えた。

「……ぁあ……ん、あ、あ……っ」

どくどくと強く胸を押し上げる鼓動が、頭の中まで響いた。

ふ、ふ、と荒い呼吸を繰り返しながら、ゆっくり身体が弛緩《しかん》していく。

全身が重く、四肢がだるい。耐えられず瞼を閉じると、動きを止めていたセトウェルの指が、ふいにファティの秘裂の奥へ差し込まれた。

「……や……っ!」

ビクッと全身が跳ねた。

「いや、セトウェル様……っ」

「いやか?……だが、おまえの中は、気持ちよさそうにわたしの指を締めつけている」

節が太く長い指が、くちゅ、と音を立てて抜き差しされた。

はしたなくヒクヒクと収縮するのを止められず、ファティはふるえる口元を両手で塞いで「いや、いや」と繰り返した。

セトウェルは指を引き抜き、そのまま秘所に手を当て全体を撫でた。官能を引き出そうとするのではなく、優しく穏やかな動きだった。

「……痛かったのか?」

「ち、違いま、す。わたし、こんな」

「こんな?」

「こんな、こと……っ」

熱で溶けていくように、言葉が形にならなかった。

いやではないのだ、とうまく言えない。

けれども強い快感に溺れさせられることは、なにかから逃げているような、焦燥めいた奇妙な不安をもたらすばかりだった。

胸を抉《えぐ》られるような痛みに堪え兼ね、ファティはヒクッとしゃくり上げた。

「こ……っ、こんな、いいのか……って」

感情に蓋《ふた》をすることができなかった。喉が強張り、涙が溢れだした。

「ファティ？」

「……わ、わたし、ほんと、に、いいのかって」

「いい？　なにが？」

「こ、……こんな、王女とか、こんな、美しい場所で……っ、あ、あなたは、ウェルト様で……でも、違う人みたいで……こっ、……怖くて……っ！」

最後は悲鳴のようになってしまって、かすれて声にならなかった。

両手で顔を覆い、身を縮めて泣きだすと、そっと優しく、まるで全身を包むように抱きしめられた。

大きな手が、子供をあやすように髪を撫でてくれる。

「……悪かった。おまえはまだ混乱したままなのに」

セトウェルは身体を伸ばして、ファティの濡れた頬に口づけた。

「今日はもう眠ろう。焦ることはない。王女という立場にもじきに慣れる。セトウェルという名にも。……わたしの妻になることにも」

「……」

「泣くな。明日は多くの者に会う。新しい王女は、腫《は》れた顔をしていたと噂されるぞ」

「え……」

思わず目を丸くして見上げると、セトウェルはぎゅっとファティを抱きしめ、肩をふるわせて笑いだした。

「嘘《うそ》だ。可愛らしい王女だと、だれもが褒めそやすだろう」

「セトウェル様……」

「眠れ、ファティ。明日からはずっと一緒だ」

「ずっと、一緒……」

「そうだ」

セトウェルは劣情を宿す黒い目を閉じ、自らに言い聞かせるようにつぶやいた。

「……いつでもこうして抱きしめられるのだから」

四章

寝室に窓はないが、高い天井と壁の隙間にあるわずかな切れ目から白い光が差し込み、うっすらとあたりの輪郭を浮かび上がらせていた。

セトウェルは寝台で横になったまま、額にかかった髪を片手でかき上げ、そっと隣を見る。

ファティは、セトウェルの伸ばしたもう一方の腕を枕《まくら》にして眠っていた。

頭が仰け反るように傾き、ゆるいくせのある髪が両脇に広がっている。

苦しくないのか？　と、一瞬思ったが、無防備に薄く開いた唇からは健康的な寝息が聞こえてくる。

熟睡しているようだった。

「……」

複雑な気持ちになり、髪をかき上げた手を下ろして、じくじくと痛む目元を押さえた。

――わたしはろくに眠れなかったというのに。

しかし怒りは湧いてこなかった。代わりに安堵《あんど》するような、温かな気持ちが胸に広がっていく。

いきなりおまえは王女だと言われ、ひどく混乱していたはずなのに、ファティは受け入れてくれた。

当然、王に逆らうなどありえないことだが、それでも露台で見せたようにあくまで拒否するようなら、力ずくでも――と覚悟していた。

セトウェル様、と小さな唇が自分の名を紡いだとき、どれだけ安堵したかわからない。受け入れてくれたのだ、と……。

身体を最後までつなげてはいなかったが、それも気にならなかった。

下腹部に残る欲は重いほどだったが、「セトウェル」という存在を受け入れてくれたことだけで満足するべきだろう。

泣かせてしまったことを、自分でも驚くほど後悔していた。

「……」

セトウェルは指の隙間から、もう一度、ファティの寝顔を見つめた。

綺麗、と言うよりは可愛いと評したほうがいいだろう。まだ少し幼い顔立ちで、夜にポンと弾けて咲く、その直前の蓮のつぼみのような瑞々しさがある。

初めて見たときは、ファティが目的の娘であるとは思わなかった。

生き生きとした、可愛い娘だった。大河から引き上げた濡れそぼった娘の、こぼれ落ちそうなほどに見開かれた目の輝きが忘れられない。

王の示した娘だから、たしかにそれで心に刻み込まれたものもあるだろう。

だがそれだけではない。

――おまえはどうする、と訊いた、父である王の言葉が耳の奥によみがえる。

急遽《きゅうきょ》、南方の砦《とりで》から呼び戻された王宮の奥で、ふたりきりのときだった。

次の王になるはずだった長子を失い、父王はひどい顔色をしていた。悲哀や疲労のせいもあるだろうが、一気に老いたような痛々しい姿だった。

その父は落ちくぼんだ目でじっと息子を見つめて言った。

――姉妹を妻にしなければならない、と。王家の血統を維持し、権力を保つために。

だがそれは争いの火種になる危険もあった。

ホルヘテプ王子は姉妹からすでに何人も妻を娶り、ほかに未婚の王女はいない。

唯一、亡きイムエフ王子の妻だったミンティアがいたが、第一王妃の娘であるこのもっとも貴《たっと》き王女は、神殿にこもったままますべてに背を向けている。

つまり姉妹を妻にするということは、ホルヘテプから妻のひとりを奪い、王位を狙うと宣言する――という諸刃《もろは》の剣《つるぎ》のような危うさも含むことだった。

兄弟で争いたくはなかった。ましてホルヘテプは、産んだ腹は違っても、第一王妃のもとで近しく育った兄なのだから。

姉妹から妻を求めなくても、これまで通り南方の砦に勤め、国土を守っていくことはできる。だが王族として近くで兄を支えたい、という思いもあった。

言葉を探して黙り込む息子を、父王は長くは待たなかった。

すでに決めていたのだろう。底光りする目で見つめ、王は言った。

――ホルヘテプと争わず、おまえの立場も損なわせぬ。ひとつ、余の望みを叶えてくれるか――……。

「……んー……」

そのときかすかな声を上げ、ファティがもぞもぞと横向きになって身を縮めた。男の硬い腕を敷いている頭を、居心地が悪いと訴えるように揺すっている。

記憶を振り払うように苦笑し、セトウェルは妻になる娘を起こさないよう片手でそっと頭を上げさせ、慎重に腕を引き抜いた。

その腕は痺れて痛んでいたが、気にならない。真向かいになるように自分も身体を横にして肘枕を突き、目を細めてファティを見つめた。

「うー……」

小動物の鳴き声のような声を上げたファティが、温《ぬく》もりを求めてか、セトウェルの懐に潜り込んできた。

甘い匂いのする髪が、胸をくすぐる。

知らず口元に笑みを刷きながら、セトウェルは指先でファティの額にかかる髪を整えた。

そのまま、髪の合間から覗く小さな耳に触れ、優しくつまむ。

「……っ」

小さな声を上げ、ファティの身体がふるえた。

昨夜、耳に唇を近づけただけで驚くほど過敏に反応されたことを思い出す。

次はもっと丹念に責めよう、など不穏に考えたとき、ファティの瞼がぴくぴくと動きはじめた。じきに目覚めそうだ。

——黒く輝く大きな目でわたしを見て、どのような顔をするのだろう。

ひとつの寝台で寄り添い眠った、初めての朝に。

「……ふ」

楽しみすぎて笑い声が漏れてしまう。

セトウェルは相好を崩したまま、妻になる娘の可愛らしい耳を熱心にいじり続けた。


「ファティ」

「は、はい」

向かいに座るセトウェルに目顔で問われ、ファティは手にしていたパンに目を落とした。

口をつけていないので、角の丸い三角形を保っている。

「……あの、喉を通らなくて」

「もう少し、無理にでも食べるといい」

セトウェルは透かし模様の黄金で飾った杯《さかずき》を持ち、唇に当てた。

「空腹では立っていることもつらくなるぞ」

「はい……」

ファティはパンをちぎりながら、深い青色をしたガラスの天板にいくつも並べられた料理を見つめ、胸の中だけでため息をつく。

炒《いた》めた豆を小麦の皮で包んだもの、柔らかいパン、魚をすりつぶし、野菜と混ぜたものなど一品、一品、絵付けされた皿に盛られていた。王宮で用意される料理らしく、どれも手が込んでいる。

王宮。王女——そこまで考えてまたクラッとする。——わたしが？

目を上げれば、セトウェルは王子らしい上品さで食事を続けていた。

形のいい唇が動くたび、つい見惚《みと》れてしまう。

「………」

気づけば凝視していた。

大きな手の中で華奢に見える黄金で作られた匙を置いて、セトウェルは苦笑する。

「そんなに見られていては食べにくい」

「あ、す、すみません」

だって、と心の内で逆らう。——だって、あの唇で、わたしに。指が、わたしの……。

「……」

唇がふるえ、じわじわと顔が熱くなる。初めて男の手が触れた場所まで熱を帯びたようで、椅子の上で両足にキュッと力を入れてしまった。

朝から淫らなことを思い出してしまえば、ますます食事をする気が失《う》せてしまう。ちぎったままのパンを卓に戻し、とりあえず杯に注がれていた水を口にする。

それを見ていたセトウェルもまた、杯を持ち上げた。

「身支度を終えたら、少し王宮を歩こう。その後、謁見室へ行く」

「は、はい」

「おまえのための女官の手配は済んでいる。侍女も、その女官が選んで準備しているはずだ」

「はい。……あの、母は」

「ファティ、ナルムティがいなくても慣れていかなくてはならない」

眉根を寄せ、セトウェルは結局、杯の中身を飲まないままに戻した。

「おまえはこれから女官や侍女に囲まれ、ときには家令に物事を相談するようになる」

「……はい」

「もちろん、わたしがそばにいる。だが、できないこともある。とくに女官のする領域はな」

セトウェルの言葉通り、食事が済むと、ファティは十人ほどの侍女とそれらを束ねるひとりの女官の手に引き渡された。

ファティ付きになる女官は、アクミと名乗った。

細い青銅の飾りで額部分を押さえた女官用の柔らかな白い頭巾をつけた、二十いくつかと年上の女だった。女官としては若い方だろう。細く吊《つ》り上がった目を囲う化粧墨が濃かった。

太陽が中天に上るまでの大部分の時間を、王家の女たちは身支度に使う。

身体を清め、軟膏と香油で肌を潤す。そして糸をたくさん使った高級な真っ白い布のドレスをまとって、化粧をする。

けして小柄ではないが、大きな丸い形の目とふっくらとした唇のせいか、ファティは幼く見えた。それでも熟練の手によって飾り立てられれば、美しい立派な「王女」になる。

化粧道具などを片づけた侍女たちが下がり、すべてが終わった頃には、外はもう暑くなっていた。

「セトウェル様がお待ちですので、こちらへ」

「はい……」

ファティは椅子から立ち上がったが、黄金の台座に大きさを揃えた玉髄《カルセドニー》を並べた冠が重く、思わずよろけてしまった。

冠だけではない。首から胸元まで覆う襟飾りも、腕輪も、腰に巻かれた帯も。そして黄金のサンダルでさえも重くてたまらない。

王女という圧を実感させるそれらの装身具を見下ろし、ため息を漏らす。

「ネフェルファティ様？　よろしいですか？」

「は、はい、すみません」

「わたしごときに……」

これから常につき従うことになる女官は、困惑と怒りがない交ぜになった表情を一瞬、見せた。

「どうか、王女らしいお言葉で。王やセトウェル様がお困りになられます」

「はい……」

ファティはうろたえ、目を泳がせる。

母のナルムティは、今朝《けさ》はまだ姿を見せていない。そばにいてくれればいいのに、とすがる思いが、視線をますます落ち着かなくさせた。

「王がお認めになられた王女でございます。どうか堂々となさってください」

「……はい」

「わたしごときの言葉は、ただ頷くだけでよろしいのです」

返事を飲み込みぎこちなく言う通りにすると、アクミは出入り口に目を向けた。

「では、まいりましょう。謁見ではどうか、お話はされませんように。すべてセトウェル様にお任せしてください」

＊＊＊

黄金で飾りつけられた太い柱が両脇に並ぶ謁見室は、豊かな国土の王にふさわしい偉容を誇っている。

黄みを帯びた石敷きの床はところどころに色彩豊かなタイルを使い、幾何学模様を描いて広がっていた。

数段高い玉座の前には長方形の内池が作られ、大きな葉に囲まれた蓮が清らかに咲いている。貯《た》めた水を淀ませないように細い堀がいくつか切られているので、水音が絶えず響く。

背もたれの上部に飾られた、日輪型の冠を戴くアセト女神に抱かれるようにして、黄金の玉座にはイメンカナティ王が座していた。

日射しが集まるよう計算された白く輝くその場所には、第一王妃のための椅子も用意されていたが、そこは空のままだった。

玉座の下には、十数人の着飾った王族たちが並んでいる。

男はホルヘテプ王子のほか、王と同年代のふたり。女は王の妻たち、娘たち――。

着飾った王女たちはいずれも美しく、身につけた黄金の装身具に恥じない輝きを放って目をくらまされた。

かといって玉座の左右、柱に近い場所に固まる人々にも目を向けられない。そこには王を支える宰相《さいしょう》をはじめとした重臣たち、高位の神官、役人たちが集《つど》っている。

「……余は、国土に宣言する」

ひとり高みに座すイメンカナティ王は、しわがれた声で言った。

「ネフェルファティを余の娘と認め、余の息子セトウェルの妻とする」

王の言葉に、謁見室にいた全員が頭を下げた。それは王族たちも例外ではなく、彼らは口々に追従する。

「お喜び申し上げます、王よ」

「新しき王女に祝福を」

「——王の息子セトウェルが、偉大なる王に感謝申し上げます」

内池をはさんで玉座の正面に立っていたファティは、並んでいたセトウェルが頭を下げるのに気づいて、いつものようについ、手を差し出し両膝を突く礼を取りそうになった。しかしセトウェルの黄金の飾りを嵌めた腕が素早く伸びて、その仕草を止められる。

「ネフェルファティを妻とし、死者の国に赴いた後にも守り、ふたりで国土の神々と王によく仕えます」

やるように」

「うむ、うむ」

満足そうに何度も頷き、王は足元に並ぶ身内たちに目を落とす。

「そなたらもよいな？　ネフェルファティが王女として健《すこ》やかに過ごせるよう、よく導いてやるように」

きらびやかな装身具が揺れる頭に合わせて一斉に輝いたが、声に出された返事はひとつもなかった。

謁見から解放されたファティは、セトウェルの後について王宮のどことも知れぬ通路を歩きながら、連なる円柱の合間から覗く広大な庭園をちらりと見た。

東西を砂漠にはさまれた土地だが、大河のおかげで国土は色濃い緑に恵まれている。庭園には丈高い木々が植えられ、葉の一枚一枚が輝いていた。

どこからともなく子供の声と、女性の柔らかな笑い声が聞こえてきた。庭園に人影はなかったが、この近くにはいないだけなのだろう、などとぼんやり思ったとき、目の前を歩くセトウェルが足を止めた。

「……っ」

筋肉のついた広い背中にぶつかりそうになって、反射的に両手を上げる。

「ファティ?」

振り返ったセトウェルは、妙な体勢の娘を見て訝しげに片眉を上げたが、すぐにすくい上げるようにして手を握ってきた。

隣に立つように誘導されたファティは、ふたりの正面で跪《ひざまず》いている男たちに気づいた。庭園から差し込む日射しが、五人ほど揃った男たちの褐色の肌を光らせている。全員、一様に髪が短く、たくましい体軀《たいく》だ。

一番前の男が顔を上げたとき、ファティは「あ」と声を上げた。

セトウェルがマドュの町に伴っていたひとりだった。直接、言葉を交わしたことは数えるほどだったが、ファティは嬉しくなって微笑んだ。

「パゼルさん?」

「はい」

日焼けした顔が控えめにほころぶ。

「あらためてご挨拶申し上げます。セトウェル様にお仕えいたします、パゼルでございます。ネフェルファティ様には、なにとぞ今後もお見知りおきくださいますよう」

「あ……、はい」

硬い声音に少し怯《ひる》んでしまう。

ファティの様子に気づいたのか、セトウェルは握ったままだった手に力を込めた。

「この者たちはわたしが信頼する部下だ。おまえを守るように申しつけてある」

「は、はい……」

ファティは夫となる王子と、跪く男たちを交互に見た。そしてパゼルたちに向かって頭を下げる。

「よろしくお願いします」

「……」

顔を上げたパゼルは戸惑うように眉をひそめ、そのまま視線をセトウェルに向ける。

「わたしの妻になる娘は、まだ色々と慣れていない」

セトウェルは苦笑した。

「ファティ、おまえが頭を下げるとパゼルたちが困ってしまう。おまえは王の娘だ」

「……はい」

ファティはこれまで、言葉や態度で感謝を伝えなさい、と教わってきた。だが、ここでは違うのだ。この王宮では。

悄然《しょうぜん》とすると、セトウェルは自分の手で包んだファティの指先を口元に持ち上げ、柔らかく口づけた。

「行こう」

「は……っ、いっ」

見下ろして微笑みかける美貌に気を取られ、返事が上擦った。

セトウェルに手を引かれて進みだすと、跪いていたパゼルたちも静かに立ち上がって数歩後をついてきた。

やがて通路から広い一画に出ると、丸められた書簡や文箱などを抱える役人の姿が目につきはじめた。瀟洒な壺を抱え一列に並んで横切っていく侍女たちもいる。隅の方に固まっているのは衛兵だ。

建物をつなぐ通路が交差する、天井の高い広間のひとつだった。

入ってきたセトウェルの姿に気づいた者たちが、足を止めて頭を下げる。中には、大仰な礼をとる者もいた。彼らが膝を突くのはくすんだ色をした床で、天井を支えるために緑色を中心に彩色された円柱が並んでいる。

そのひとつから分かれるように、細い人影が足早に近づいてきた。ファティ付きとなった女官のアクミだった。

「ネフェルファティ様、お待ちしておりました」

「どうした？」

足元で平伏するアクミに声をかけたのはセトウェルだった。

細い目が特徴的な顔をアクミが上げたとき、さらにパタパタと軽い足音を立てて近づく一団があった。黒髪に映える幅広の額飾りに、白いドレス、喉元と両手首に巻いた赤や青の装飾品——華やかな装いの三人の女たちだった。

「王の息子セトウェル様に、ご挨拶申し上げます」

両腕を差し出して頭を下げる一連の仕草で、甘い香りが立ち上る。美々しい化粧をほどこした顔は、王宮ならではの艶《なま》めかしさがあった。

女たちは頭を下げながらも、チラチラと王の息子を見ている。その頬が赤い。

「……」

ファティはムッとした。女らしい豊満な身体から目を逸らし、傍らの夫となる青年を見上げると、セトウェルは視線を合わせ、一瞬、微笑んだ。そしてすぐに表情を厳しいものに変え、女たちに尋ねる。

「どこの者だ？　主《あるじ》は？」

「第一王妃スィウセル様にお仕えしております、女官たちでございます」

素早く答えたのは、立ち上がったアクミだった。忌々しそうに女たちを睨み、女官は続ける。

「後にしてほしいと言ったのですが、ここでお待ちすると」

「わたしになんの用だ」

セトウェルが流した目で一瞥《いちべつ》され、女官たちは慌てて頭を深く伏せた。

「我が主より、後宮にお越しくださいと言付《ことづ》けを承っております」

女官のひとりが顔を上げ、化粧墨をたっぷり使って縁取った目を、ちらりとファティに向ける。

「ぜひ、新しき王女を伴い、足をお運びくださいと」

「……」

ファティはつないだままのセトウェルの手を強く握った。――断ってください、と触れた肌から伝わるように祈る。

「スィウセル様か。……仕方ない」

セトウェルは短くため息をつき、身体を斜にして覗き込むように顔を寄せた。

「ファティ、もう少しだけ我慢してくれ」

「……」

とりあえず微笑んだが、うまく笑えたか自信はなかった。


後宮は、高台に建てられた王宮に寄り添うようになだらかな斜面に広がり、背の高い木々で区別するようにして四角い建物が点在している。

王の妻たちが集う場所ではあったが鎖《とざ》されたものではなく、いくつもの工房を独自に所有していて、交易をすることも許されていた。

当然、出入りできる者は吟味されるが、それでもつながりを持ちたいと望む者は後を絶たない。王宮とは違った意味で、後宮に入れるということは社会的地位をもたらすのだ。

その後宮の頂点に立つのが、第一王妃スィウセルであった。

「……」

第一王妃の住まう建物に足を踏み入れたファティは、王宮とはまた趣の違う豪華さに圧倒されていた。

王宮が雄々しさを主題にした壮大なつくりであるならば、女性が中心となる後宮は装飾、彩色ともに華麗さを前面に出している。

とくに第一王妃のための部屋は、紅玉髄を砕いて星々のように散りばめた床が目をひく、風変わりなものだった。家具はなく、所々に二、三段の高台を設けている。それらはうまく距離を取って配置され、色の濃い敷布などで飾られていた。

「お座りになられよ」

高台のひとつに直接、腰を下ろした第一王妃は、白くまろやかな手で、斜め前を指した。

「……ありがとうございます」

緊張のあまり、棒を折るようにカクンと腰を下ろし、幅広の階《きざはし》の端で身を縮めた。その足元に、女官のアクミが両膝を突いて平伏する。

偉大なる王と唯一並んで神の御前に立つことが許される女性、第一王妃スィウセルは、イメンカテティ三の実妹である。

ふっくらとした柔らかそうな白い肌をして、目尻を長く引いた濃い目化粧に、赤く塗られた唇をしている。王妃の尊厳を示す女神ウアジェトの鎌首をもたげた黄金の冠を戴いているが、全体的に装身具は控えめで、ゆったりした白いドレスのひだが美しい。

女官のひとりから、ほっそりとした黄金の杯を受け取った王妃は、目を細めた。

「来てもらって嬉しく思いますよ、ネフェルファティ」

「は、はい……」

第一王妃は、王宮の謁見室にはいなかった——はずだ、とファティは、つい先程の記憶を手繰る。

黄金の玉座を載せる数段高くなった上座には、第一王妃のための玉座も用意されていたが、そこは、ついに空席のままだったのだ。

宰相をはじめとした役人たち、神官、将軍などのほか、王族たちも集められていたので、だれがいて、だれがいないなどわかるはずもなかったが、それでも玉座のひとつが空だったのだから、第一王妃の不在は印象強い。

「わたくしは、この季節になると足が痛くて」

ほほ、と王妃は笑う。

「面倒なので、会いたい者にはここに来てもらうの」

「……はい」

ファティは揃えた膝の上でもじもじと両手を組み変えた。

セトウェルは建物に入る前に、実母である第三王妃のところにまず行ってきなさい、と第一王妃からの命令を伝えられた。

ひとりにされる恐怖から死ぬほど驚いて、行かないでくれとありったけの念を込めたが、セトウェルはあっさり了承した。

「心配しなくてもいい。すぐに迎えに行くから」

耳元にそう言い残し、去っていく王子の姿を見送り、ファティはアクミとともに第一王妃の御前に通された。

ひとりでもだいじょうぶだと信頼された、と思いたい。

「………………っ」

残り少ない勇気をかき集め、顔を上げる。

そう遠くないところに座る王妃の口元は、こらえきれないようにゆるんでいた。

「とても楽しみだったのですよ、ねえ、あなた」

黒く美しい、まるで少女のように輝く目も細められ、王妃はついに声に出して笑った。

「だってあのセトウェルの妻なんて。おもしろいわ。ほほほ。それがあなただなんて、ああ、おもしろい」

「……」

おもしろい？　――異国のなにかめずらしい生き物と同じ？　ファティの心が激しく傷ついた。しかし同時に、楽しそうな王妃の様子に安堵する。

神として国土に君臨する王。そして隣に並ぶ第一王妃。だが、目の前にいるその人は親しげで、穏やかだった。

「セトウェルはわたくしが育てたのよ」

笑いを口元に残したまま、王妃は言った。

「セトウェルと、その上のホルヘテプをね。あの子たちは一緒に育ったの。わたくしには息子がなくて、たったひとり王女を産んだのだけどね、ミンティアというのよ」

「……」

「お兄様に申し上げたの。お兄様ばかり子がいらっしゃって、ずるいわ、と。わたくしはもう子が望めないようなので、ほかの妃にお兄様の子ができるのが悔しくって。そうしたら、あの子たちが来たのよ」

お兄様、というのがイメンカナティ王のことであるのは理解できた。恋人や夫に対する呼びかけだけではなく、その通り血のつながった兄妹でもあるからだろう。

王妃は持っていた杯を女官に渡し、唇に指先を当てて化粧を直すと、少し身を乗り出した。

「それで、あなたはどうなの？」

「え？　……あの、どう……？」

「子よ。子は宿しているの？」

セトウェルの顔とともに昨夜のことが頭を過ぎり、ファティはうろたえた。

「……その、まだ」

「まあ、困ったわ。がんばってね、あなた。わたくし、早くセトウェルの子を抱きたいの。息子もいいけど、娘ね。男の子は離れていってしまうからつまらなくて。ミンティアは子を産まなくてね。まあ、イムエフはほかにも子がなかったから、わたくしの娘が悪いばかりでもないわね」

「――スィウセル様」

そのとき、ひとりの女官が王妃のそばに寄り、小さな声で何事かを告げた。

話が中断され、ファティは細く息を吐く。両手を握り合わせると、指先が冷たくなっているのにいまさら気づいた。

平伏して必要最低限の返事をしていたほうが、楽な気がしてきた。

――それではだめなのだろうけど。

王女、という地位を授かった以上、それにふさわしい態度を取らなくてはならない。わかっている。だがつい最近まで子供たちと外で遊び回っていたような娘が、第一王妃と面と向かって話すなど、あまりに現実感がなかった。

「……わかったわ」

話を聞き終えた王妃が頷くと、女官が退いた。

それと入れ替わるようにして「失礼いたします」と声がして、広い空間の間仕切りに垂らされていた薄布がサッと大きく開かれた。

「第一王妃スィウセル様にはご機嫌麗しく……」

入ってきたのは、若く美しい女だった。黄金の細い冠を戴く黒々としたまっすぐな髪を肩まで垂らし、白いドレスの腰に大きな青金石と黒硝子《くろガラス》を連ねた飾り帯を巻いている。

華やかな色を使って化粧した顔をまず王妃に、そしてファティに向け、彼女はかすかに片眉を上げた。

「…………っ」

ファティは恐慌し、軋む音がしそうなぎこちなさで、足元のアクミに目を向けた。

するとアクミが入ってきた女のほうに平伏した身体を向け、両腕を大きく差し出して深く頭を下げた。

「王女イメルティト様にはご機嫌麗しく、神々に感謝申し上げます。主人になり代わり、女官アクミがご挨拶申し上げますことを、お許しいただきますよう」

「……まあ！」

イメルティトは声を高くした。

「本人の口からご挨拶いただきたかったわ。そんなこともできないなんて……」

「およしなさい、イメルティト」

ほほほ、と笑いながら、王妃がたしなめる。

「王女は寛容さを持たなければなりませんよ」

「でも王妃様」

「それで、なんのご用？」

「……ご機嫌伺いですわ。ホルヘテプお兄様も後から参りますわよ」

「あらまあ、あの子まで？　わたくしへの挨拶なんて言って……、ほほほ、物見高い人たちね、お目見えはしたのでしょう？」

「ええ、謁見室で」

「では後で宴もあるでしょうに、待てないのね」

また笑い、王妃はそばにいた自分の女官に何事かを命じると、座りなさい、とイメルティトに高台のひとつを示した。そこは、ファティのいるところからは離れていた。

「ネフェルファティ、気にせずに寛《くつろ》ぎなさい。この娘は王女イメルティト、……そうねぇ、いくつだったかしら、あなたの姉になるのかしらね」

「わたくしなら、十八ですわ」

「あら、じゃあ姉ね。よかったこと。あなたより小さい王女はいないでしょう？　お兄様ももう子は作れないでしょうし」

「わたくしはべつに……」

イメルティトは示された高台の階に腰を下ろしながら、唇を尖らせる。

「妹など欲しくありませんでしたわ」

「ああ、そうね。あなたは妹より自分の子ね。ホルヘテプの子はまだ？　子がないと、いくら同じ血筋の妻でもつらいわよ。わたくしの娘もそうよ。知っているでしょう？　いま、ネフェルファティにも教えてあげたのよ」

「……それは……」

「あなたはどう？　ホルヘテプとは仲良くやっているの？」

あくまで笑顔で王妃が続けると、イメルティトは黙って俯いていった。

きらびやな室内に、わずかな動きで軋むようなぎこちない空気が流れる。

硬直したままそれを見ていたファティの背に、なにか冷たいものが走っていった。おこがましいのだが、俯いたままのイメルティト王女が気の毒になってくる。

「……王妃、わたしたちは仲良くやっておりますよ」

気まずく落ちた沈黙の中、突然、男が入ってきた。

白い頭巾を黄金の輪で押さえ、白い上衣と腰布、両腕に神の眼《め》を象った黄金の腕輪をつけた男は、王妃の足元で片膝を突いた。

「ご機嫌麗しく、国土の母よ。王子ホルヘテプがご挨拶申し上げます」

王妃は愛しそうに目を細め、ホルヘテプの頬に指先で触れて頷いた。

「元気そうね、ホルヘテプ。わたくしの娘はどう？　おまえの妻になることを了承したの？」

「ミンティア姉上の御心は、イムエフ兄上に捧げられたのでしょう。わたしのもとではなく、このまま神殿にて心穏やかに過ごしたいと」

「……困ったこと。第一王妃のわたくしの子は、ミンティアだけなのにね。子が産めなくとも、務めぐらい果たさないと」

「姉上のお気持ちがもっとも大切なことですから」

ホルヘテプはそう答えながら立ち上がり、ちらりと自身の妻のイメルティトに目を向けたが、そちらには行かず、踵を返してファティのほうに近づいてくる。

「……っ」

ファティの口元が引き攣った。――なぜ、こちらに！

アクミを見ても、わからない、と言うように細い目をサッと背けられる。

心の内でふたたび悲鳴を上げているうち、ホルヘテプはファティの隣に、長い足を投げ出すようにして座ってしまった。

「やあ、新しい妹」

「……ご、ご機嫌、うるわ、し」

「ああ、流暢《りゅうちょう》な挨拶は期待していないからかまわない」

間近でにっこりと微笑むその顔は、驚くほどセトウェルに似ていた。しかしもっと驚いたのは、ほとんど同じなのではないかという、その声だった。セトウェルよりゆったりと優雅に話すのが、不思議なほどだ。

「弟は、妻になる可愛い妹を置いてどこに？」

「……あ、あの……」

「セトウェル様はただいま、第三王妃にご挨拶されておいでです」

代わりに答えたアクミに目を向けることなく頷いて、ホルヘテプは続けた。

「じゃあ、すぐ来るかな。——ああ、ネフェルファティ？　顔をよく見せてくれ」

言いながら、持ち上げた手をファティの頬に添え、強引ではないが抗《あらが》えない力で自分のほうに向けさせる。

覗き込むように首を傾げ、じっと見つめてくる王子の顔から目を離せない。ホルヘテプはセトウェルよりも肌が白く、線が細い。だが、けして軟弱な印象はなく、黒い目には力強さが宿っていた。

「……うーん、おまえはだれに似ているのか。あまり王族の顔ではないな」

「そ……そ、そ」

「そそそ？」

「それ、それは……」

「——兄上」

凝視するホルヘテプの背後から、そのときカツカツと荒く、速い足音が近づいてきた。

「ネフェルファティが困っていますから」

ファティに触れるホルヘテプの手に、それより大きく日に焼けた手が重なり、やんわりと退けられる。

「……セトウェル様」

脇に立つセトウェルを見上げたファティの目に、じわりと涙が浮かんだ。それがぽろりとこぼれ落ちる前に、セトウェルの手が兄の触れた形跡を拭うように頬に置かれ、目元をなぞるように滑っていく。

セトウェルはじっとファティを見つめ、黒い双眸に後悔を滲ませた。

「すまない、ひとりにして」

「……いえ」

「弟よ」

苦笑しながらホルヘテプは立ち上がり、ひらりと片手を振って背を向けた。

「大事ならばよく隠しておけ」

「ご忠告、痛み入ります、兄上」

「……では、王妃。わたしはこれで」

かすかな足音とともにホルヘテプは部屋を出ていく。

王妃は「またいらっしゃい」と声をかけた後、ふっくらとした身体をもたれさせている階を指の関節で叩いた。コツコツ、と硬く響いたその音に、セトウェルがハッと振り返る。

「ほらね、息子はもういいわ。母よりも妻に夢中になるのだもの」

王妃はやれやれと首を振った。

「申しわけありませんでした」

セトウェルは腕を伸ばし、包むようにファティを抱いて立たせながら、王妃に謝罪した。

「ネフェルファティとのお話はどうでしたか？」

「どう？　どうもないわ。まだほとんど話していないもの。それであなたは、ラフィア様にご挨拶は済んだのね？　お変わりないようかしら？」

「はい」

「そう。——ネフェルファティ？」

突然、王妃の視線に射抜かれ、ファティは竦み上がる。

「第三王妃はちょっとご病気なの。会えないけれど、だいじょうぶですよ。わたくしを母と思えばそれでよろしいのですから」

「……は、はい」

「お言葉に感謝いたします、第一王妃スィウセル様。それでは、わたしたちはこれで」

「――セトウェル兄様！」

王妃の傍らから上がった声が、セトウェルの言葉に重なった。

苛立《いらだ》ちを含んだ声の主に、全員の視線が集まる。

王女イメルティトは、無視されていた怒りからか顔を紅潮させ、立ち上がって床を小さな足で踏み鳴らした。

「ようやくお会いできたのに、わたくしにはなにもおっしゃってくださらないの？」

「これは失礼しました。王女イメルティトにはご機嫌麗しく」

仰々しくセトウェルが頭を下げると、イメルティトはますます顔を赤くする。

「ひどいわ、セトウェル兄様、前のように呼んでくださらないのね？」

「…………」

前のように？　――ファティの胸がチリッと痛む。前のように？　前のようにって？　どのような、前なの？

セトウェルは短く息を吐き、イメルティトから目を逸らした。

「兄の妻たる方だ。王族なればこそ、節度を保つのは当然だろう」

「……」

「では王妃、またゆっくりとご挨拶にまいります」

「まあ、もう行くの？　あなたも？」

「ネフェルファティはもう限界ですよ」

「あら」

そうねぇ、と笑いながら頷いて、王妃は背後にちらりと目をやった。

「イメルティトはまだここにいらっしゃいな。ホルヘテプも仲良くしていると言いながら、妻を置いていくのには感心しないわ。息子の文句を聞かせてちょうだい？」

「では、わたしたちはこれで」

セトウェルは一礼し、ファティの背中に置いた手に力を込め、歩きだした。

「……兄様！」

甲高い声が追いすがるが、セトウェルは足を止めない。

部屋を仕切る薄布がはらりと落ちて、王妃と王女の姿ごと、美しい部屋を隠した。

「わたし、ちゃんとやれていましたか？　第一王妃様は、わたしを気に入ってくださったでしょうか……？」

湯浴みを済ませて寝室に入ってくるなり、ファティはそう言った。

部下からの報告がまとめられたパピルスの書簡から目を上げ、セトウェルは閉じた扉の前で立ち尽くしている娘を見た。

ほんのりと上気した肌の上に、身体の線が淡く透ける夜着をまとい、胸元まで垂らした黒髪に、涙の雫のように小さく光る飾りをいくつかつけている。

大きな黒い目は、疲労のためもあって潤んでいるようだった。

「セトウェル様？」

答えがすぐに返らなかったことに不安になったのだろう、ファティは胸の下で組んだ両手を揉《も》み絞った。しっとりと濡れたままの髪が揺れ、ふたつの柔らかいふくらみの上に扇情的な影を落とす。

「……」

下腹部に熱が溜まっていくのを感じて、セトウェルは気づかれないように目を逸らした。

「スィウセル様のことは心配ない」

男女のことに慣れていない娘なのだと自身に言い聞かせ、常の声を意識しながら続けた。

「優しく、おおらかな御方だ」

「は、はい」

肩の力を抜いて見るからに安堵したが、でも、とファティは眉をひそめた。

「……お母様が、心配していたので」

「ナルムティが？」

「はい、湯殿で」

そうか、と小さく頷いて、セトウェルは少し悩む。

ナルムティが、ファティになにを話すのか、注意をしておかなくてはならない。

後宮にもあまり行かせないようにしよう、とファティをひとりにしてしまった後悔とともに胸に刻んだ。

だが、第三王妃である自分の母のもとに連れていくわけにはいかなかった。

いまだ自分を幼名で呼ぶ実母ラフィアは、セトウェルが少年の頃、心を病んだ。異国から嫁いだ女は、ついにこの国に馴染まぬまま、砂漠に出没する悪霊のように故郷を思ってただ泣いている。帰りたい、帰りたい……と。

それらを教えるつもりはなかった。慣れない王宮で、それでも王女として務めようとしているファティに、これ以上の負担をかけたくない。

そんな心中を想像もしないのだろう、ファティはそわそわした様子で口を開いた。

「……あの、王妃様のところでお会いした方々は」

「ああ、ホルヘテプ兄上とイメルティトか」

「一緒に王妃様のもとで育ったと」

「ああ、そうだ。第一王妃はすべての子供の母だから、おかしくはないだろう？　ホルヘテプ兄上のご生母は、出産後に亡くなられたそうだ。神官の出で、とてもお優しい方だったと聞いている。兄上も賢く、公正な方だ。よい王になられるだろう」

「王に」

「そうだ。イムエフ兄上は亡くなられたのだから」

そのために、イムエフ王子の遺《のこ》された妻たちも、ホルヘテプの名目上の妻となっている。

ただし、第一王妃スィウセルの実の娘ミンティア王女だけは、イムエフの死後、太陽神殿にこもり婚姻を拒否していた。

それらを説明してやると、兄弟姉妹で夫婦となる王家の複雑なつながりなどほとんど頭に入っていないのだろう、ファティは大きな目に混乱を浮かべながら「えーと……」と中空に視線を当ててつぶやいた。

「では、……イメルティト様が、第一王妃に？」

「イメルティトが？」

「ホルヘテプ様の、妻だと」

「ああ、まあ、そうなるだろうな」

「……前のように呼んでくださらない、とおっしゃっていました」

「うん？」

聞き返すと、ファティは目尻を赤く染めて俯いてしまった。

「あの御方を……なんて、お呼びしていたのですか？」

セトウェルは眉をひそめた。こだわるな、と不思議に感じた後、異母妹をホルヘテプとふたりで甘やかしていたことを思い出した。

兄弟姉妹で親しくしていたのは、ホルヘテプとイメルティトだけだった。あとは歳が離れていたり、もっと複雑な事情もあって馴染みがあまりなかったのだ。

だから子供の時分、イメルティトに対して用いていた「小さな可愛い妹」という呼び方にも他意はない。妻や恋人に対する「妹」ではなかったのだから。

しかし、セトウェルは故意にそこまで説明しなかった。にっこりと微笑んで答えてやる。

「イメルティトは、兄上の妻だろう？　どう呼んでいたとしても、過去のことだ」

「……」

「わたしの妹でもあるが、いまは兄上の妻という立場が優先される」

「……でもあの御方は、セトウェル兄様と、とても親しげにお呼びでした……っ」

ファティは一気に早口で言った後、目を逸らし、胸の上で組み合わせた両手を落ち着かなく揉み合わせる。

「わたしなんかよりずっとお綺麗だし、王女らしく堂々とされていて……、わ、わたしなんてできることといったら鳥撃ちくらいですし、それも一羽も獲れなかったりしますし……」

「……」

頬を上気させながら、小声でなにやらまだ続けているファティの姿を見つめながら、セトウェルは次第に笑みを深めていった。

——妬《や》いているのだ。兄様、と親しげに呼んだイメルティトに。

可愛らしい独占欲を示すファティの様子に、つい口元がゆるんでしまう。

もっと見ていたい。

だがすぐにも腕の中に閉じ込め、ひどく甘やかしたくもなってくる。

セトウェルはゆっくりと目を閉じ、身の内に生じた強い欲をこらえようとしたが、昨夜、中途半端に鎮めた熱が、より激しく燃えはじめただけだった。

王のために、王族たちの均衡のために——ファティを選んだ理由の一端が、風に乱される砂のように吹き飛んでいく。胸中に残されたのは、この娘を自分のものにしてしまいたいという、雄の単純な支配欲だった。

「ファティ」

目を開けたセトウェルは、渇望でざらついた声で妻になる娘を呼び、両腕を広げた。

「——おいで」

寝台に腰を下ろしたセトウェルの、開いた膝の間にはさまれるように立ち、腰を両手で支えられながら、唇を重ねる。

触れ合うだけの、もどかしい口づけ。

それでも繰り返されるうち、胸の骨を押し上げ、心臓が耐えられないほど速くなり、全身が火照りはじめた。

「……わたしの妻になるのは、おまえだけだ」

唇を触れ合わせながら、セトウェルが吐息とともにささやいた。

「兄上は多くの妻を持つだろう。だが、わたしにはおまえだけだ。約束する、ファティ」

「はい……」

小さな返事ごと飲み込んで唇を合わせ、セトウェルは食むように愛撫《あいぶ》した。

たくましい肩にそっと置いただけのファティの手が、キュッと丸まっていく。

「……んっ」

ぺろ、とセトウェルの舌に、唇を舐められる。

驚いてピクッと身を離せば、腰に当てられていた手に力が込められ、引き寄せられた。

「あ……っ」

膝が寝台の端に当たり不安定に揺れた身体を、腰から背中に回った手で支えられる。そのまま胸を重ねるように抱き合うと、セトウェルが耳元でささやいた。

「……おまえは、甘い味がするな。唇も、……ここも」

「ひゃ……っ」

耳朶に吐息が触れる。さらに追いかけるように唇ではさまれて、ファティの全身が跳ねた。

自分で触れてもなんとも思わないのに、セトウェルの唇や指をそこに感じるだけで一気に熱を持ち、ぞわぞわとなにか痺れるものが背に走る。

もちろん、セトウェルもそれを承知してやっているのだろう。唇は離れず、耳朶から耳殻に移って、淫らなことを連想させる水音を立て舐め上げていく。

「……ぃあっ、あ……っ」

背を反らし、無意識に逃げようとするファティを、セトウェルがしっかりと包んで離さない。

ひとしきり耳を堪能した唇は首筋に移り、柔らかな肌を吸い、舐めた。

んん、とくぐもった声を上げ、応える術《すべ》もわからずただすがりついていたファティは、ふと、胸のあたりが解き放たれたように楽になったのを感じた。

思わず息を大きく吸い込んだのと、ひどく熱いものに乳房が覆われたのは同時だった。

「きゃ……っ」

涙目で見下ろせば、硬く熱い手のひらで直接、触れられている。

紐が外され、夜着が大きく肌蹴ていた。いつのまに――と思う端から、日に焼けたその手に白いふくらみを淫らに揺らされ、ああ、と声を上げファティは仰け反った。

突き出すような格好になった胸の先端に、ふぅ、と吐息がかけられる。

「……ここも甘いか……？」

密《ひそ》やかな笑みを含んだ声とともに、唇が華奢な鎖骨を食むように動き、柔らかなふくらみの上部に落とされた。

一点を強く吸い上げられ、ビクッと全身がふるえる。

「い、痛い……、セトウェル様……」

セトウェルは吸い上げるのをやめて、宥《なだ》めるように舌を這わせた。

乳房の頂きで硬く尖り、待ちわびるように色づいた部分には触れず、白くまろやかな肌の上だけを丹念に舐めていく。

「……ん、ん」

火照ったままの身体が、ぎこちなく揺れる。腹の奥に奇妙な熱が溜まり、足の間が疼いた。

ファティは唇を噛んで、漏れそうになる声を押し込める。

自分の胸の上で動く、毛先の色が抜けた髪を見下ろし、おそるおそる、指先で触れた。男の髪だというのに、柔らかい。いい匂いがする。気づけば頬ずりするように、セトウェルの頭頂部に口づけていた。

それを合図にしたように、乳房の中心に刺激がもたらされた。

「……っ」

弾けるような強い快感に、ファティは、は……っ、と声を漏らし、頭を反らした。

セトウェルは舌先で硬いつぼみを舐め、濡らしたそれを唇ではさんでやわやわと食んだ。手のひらに収めていたもう片方の乳房は、親指の腹で優しく頂きをこすられた。

「や……、あ、あっ、あ……っ」

身体から力が抜けた。背中をセトウェルに支えられても、ぐずぐずと崩れていく。

「……ファティ」

腕の中に滑り込むようにもたれてきた柔らかな身体を受け止め、困ったようにセトウェルは笑った。

「これ以上進めると、おまえは溶けてしまいそうだな」

「……そ、んな、だって、わたし……あっ」

腰のあたりに残っていた夜着の紐をすべて解き、セトウェルはファティの下半身に手を滑らせ、薄いその布を払って床に落としてしまった。

寒くはないのに、肌がさっと粟立《あわだ》った。

「怖がらないでくれ」

全裸になったファティを抱きしめ、身体の位置を入れ替えて立ち上がったセトウェルは、そのまま寝台にファティを横たえた。

「……わたしは、おまえのすべてが欲しい」

「セ、セトウエ、ル、様……」

覆い被さってくる身体の、女とはまったく違う硬さ、重さ、熱。

頼りなく、小さくなったような自分にわずかな恐怖が生じた。抵抗もできず、征服される
――しかしそれは奇妙な甘さを含んで広がり、下腹の奥をふるえさせる。

「……わたしは、あなた様のものです」

両手を上げ、ファティはそっと、たくましい肩に触れた。

「王女……など、恐れ多いのですが、おそばにいられるなら、この運命を嬉しく思います」

「……ファティ」

潤んだ視界の中で見上げる端整な顔に、笑みが浮かんだ。だが常のそれとは違い、見下ろす黒い目の中に、劣情だけではないわずかな翳りがあるように思えた。

――どうして？

ファティはほんの少し、悲しくなる。

おまえは今日から王女だ、と意思を確認することなく押しつけられた運命を、受け入れようとした。

いま。

セトウエルに抱かれるこのときに。

なぜそのことに、傷ついたような顔をするのだろう……。

「わたしも、嬉しく思う」

しかし、瞬きひとつで翳りを消したセトウェルは、そうささやきながらゆっくりと身体を倒し、傾けた顔を近づける。

「……わたしだけの王女だ」

瞼を閉じると同時に唇が触れ、押しつけられた。

温かな舌に促されて薄く唇を開けば、セトウェルのそれにすぐさま口腔を支配される。歯列を舐め、舌をくすぐられ、ぴちゃ、と音を立ててこすり合わされ、絡んで吸われ……。

「んン……」

喉の奥で泣きそうな声を上げても、口づけは終わらない。

互いの唾液《だえき》が混じり、飲みきれずロの端から、ツ、とこぼれていく。それを指先で拭いながら、セトウェルはようやく顔を上げた。

「……可愛いな。濡れて、赤くなっている」

はあ、はあ、と荒く息を吐く唇を、男の硬い指先で押される。ん、と声を上げれば、指の一本が口の中に差し入れられた。

驚いて目を見開くと、セトウェルは微笑んだ。しかし行為はやめず、口内に入れた指でファティの舌の脇をくすぐりはじめた。

「……や」

「ん？　なんだ、ファティ？」

とても嬉しそうに笑い、セトウェルは指の数を増やした。二本の指ではさむようにして、舌をいじられる。

奇妙な感覚にファティは唇をふるわせ、涙を浮かべた。

「や……ぁだ……」

「すまん」

笑って謝りながら指を引き抜き、濡れたそれを自身の口元に運んで、セトウェルはぺろりと舐める。

「……甘い」

「そ」

カアッと頬が熱くなった。

自分の舌をいたずらされたことではなく。まして唾液を甘いと言われたことでもなく。

男の人なのに、と頭の中で悲鳴のようにだれかが叫ぶ。――男の人なのに！

「どうした？」

「……ずるいです」

「ずるい？」

「……セトウェル様、綺麗だから」

セトウェルは目を見開いた。そして頭を伏せ、くくく、と肩をふるわせて笑う。

「おまえは、ほんとうにおもしろい。なぜ綺麗だと？　まったく、おまえは……おもしろくて、可愛い」

「ほんとう、ですか……？」

「ああ。それにわたしには、おまえのほうが綺麗に思える。とても綺麗で、可愛いし――なにより甘い」

セトウェルは口の端を歪めるようにして笑いながら、寝台に突いていた肘に体重を移して身体を浮かせ、片手を下ろした。

閉じたままのファティの足の間を探り、小さな隙間に指を立て、差し入れてくる。搔《か》くように曲げられた指が、秘裂の中心をなぞった。

「あ……っ！」

「ここも濡れて、甘そうだ」

自分でも、わかった。

ぬるりとした感覚。いやらしく潤って、セトウェルの指を迎え入れるところ。

「ファティ」

知らず力を込めて閉じた太腿を、大きな手に簡単に開けられてしまう。

その間に身体を入れて閉じられなくしたセトウェルは、そのままファティの膝裏を持って押し上げた。

「……！」

勢いで身体が反ってしまう。見上げると、上半身を起こしたセトウェルはもう一方の手で同じようにファティの足を持ち上げ、目を眇《すが》めている。

「……おまえはどこも可愛い」

「や、だ……、あっ」

男の視線に晒《さら》された秘所に、慌てて手を伸ばす。

しかしそれよりはやく、ファティの膝裏から腿《もも》の後ろ側へ手を滑らせたセトウェルの上体が沈み、足の間に埋められた。

「そ……、こ、こんな」

ファティは羞恥にふるえた。全身が熱く、汗ばんでいく。はあ、と繰り返し漏れる吐息に、身の内の炎が混じりそうだ。

「初めてのおまえは、よく解《ほぐ》さないとつらい。……そのままで、待っていろ」

セトウェルはそうささやきながら、あらわになった白い腿の裏側を硬い手のひらで撫で下ろし、指先で足の付け根をくすぐった。

「……さっきより濡れている」

「え……あ、や……っ」

ゆっくりと顔が落とされ、口づけをするように秘所に唇を押し当てられた。

「……や、あ……っ、ああ……ンッ」

口づけはそのまま激しいものになっていく。

閉じた左右の肉を割るように、中心線を上下に舐めていた舌が、くちゅ、とかすかな音とともに柔らかな内側をくすぐった。淫らな水音は故意に立てられているのか、静かな寝室にひどく響く。

――セトウェル様が、と熱に浮かされるような頭の中で、ファティは清廉な男の顔を思い浮かべた。――セトウェル様が、わたしの、そんなところ……。

「……きゃ……あっ」

セトウェルの舌はすっかりほころんだ秘所を蹂躙《じゅうりん》し、やがてピリッとした痛みのような強い刺激をもたらす部分を攻めてきた。

下から上へ。水を舐める猫のように、すぼめた舌先でいじられる。

身の内で火花が弾くような感覚が襲い、びく、びく、と全身が跳ねた。

「や、や、……ああ……ッ」

自分のものとも思えない嬌声《きょうせい》がひっきりなしに漏れてしまう。ファティは両手で口元を押さえて仰け反った。

腿を押さえていたセトウェルの手が滑り落ち、いたずらに秘所の周辺をくすぐる。舌で敏感なところを舐めながら、指は器用に割れ目を開いて蜜をすくい、舌と同じ動きで深いところを愛撫する。

やがて、くちゅ、と音を立て、指先が入り口に埋められた。

「あ……っ！」

ファティの身体が竦んだ。

自分の身体に侵入してくるのは、男の節の張った硬い指だ。ゆっくり、ゆっくりと埋められても、切り開かれていくような痛みがある。

「……きついな」

セトウェルが顔を上げ、まるで自身も痛みを感じているかのように眉を寄せた。

「濡れているが、まだきつい。……だが」

指を挿入させたまま、もう片手をファティの腰脇に突いて身体を起こしたセトウェルは、薄暗がりの中、ふふ、と笑う。

「おまえの中はひどく熱くて、指に絡みついてくる。……蕩《とろ》けるのが楽しみだ」

「や……ンッ」

セトウェルは入れた指の抜き差しをはじめた。そうしながら、重なるようにファティの上に身体を倒してくる。

「あ……」

ファティは口元から外した手を、迎え入れるように男の首に回した。

ぎゅっと力を入れてすがりつき、長く息を吐く。

抱き合う素肌が心地よかった。同じように熱い身体。熱くて、汗ばんで、たくましく硬い身体。──愛しい人の……。

「セトウェル様……」

「ん、痛くないか？」

「はい」

耳元で優しく訊かれて頷くと、頬が触れ合い、唇に変わる。

「……もう少し、解すぞ」

一度引き抜かれた指が、本数を増やしてふたたび入り口を探りだす。

あ、と声とともにビクッと腰がふるえ、その一瞬で、二本の指が突き立てられた。

「は……あ……っ」

痛い、とこぼしそうになった声は、柔らかな唇で塞がれた。

「ファティ……」

しっとりと濡れた唇が、優しく何度も触れてくる。

ねだるように自ら唇を開けば、するりと舌が滑り込み、反射的に縮こまったファティをとらえてこすり合わせるように絡み、吸い上げた。

くちゅくちゅ、と聞こえる水音は、口内のものか、それとも下半身を蕩かす指が生むものなのか。

その音に、いやでも煽られていく。

「ふぁ……ああ……っ」

すっかり濡れそぼり、抜き差しに余裕のできた男の指が、動きを速めた。それだけでも刺激が強いのに、ぐ、と奥に差し込まれ、上になった親指の腹が淡い茂みをこすり、敏感な部分を探してとらえる。

「いや……っ」

押されれば、そこがぷくりとふくらんでいるのがわかった。

自分の身体にそんなものがあるとも思わなかった。だがセトウェルの指が教える淫らな突起は、いじられるほどファティの全身を愉悦で震わせる。

差し入れた二本の指と、突起に当てた親指を揉み合わせるようにして、セトウェルは激しく濡れた音を立て愛撫した。

「ああっ、あ、ああ……い、あー……！」

下腹部の奥が痺れたように熱くなる。その熱に押し出されるようにして足が伸び、爪先が敷布を滑った。

内腿がふるえ、腰が浮く。

ファティは押し寄せてくる強烈な快感に溺れ、息もできずに喘いだ。

「……あ、へん……っ、へんなの、あぁ……っ」

「ファティ、わたしの手で達してくれ」

「た……っ？　……ああン、ああ……っ！」

額をファティのこめかみに当て、セトウェルは熱い呼気を吐いた。

「ファティ……」

蕩けるような熱を含んだ声とともに、真っ赤になった耳朶を齧《かじ》られる。

「や——……ッ！」

引き絞られるような感覚に襲われ、息が詰まる。

全身が緊張し、体内で動きを止めたセトウェルの指をきつく締めつけ、ファティは絶頂した。

「……あ、はぁ、あ……」

やがて、手足の先から力が抜けていく。

弛緩《しかん》していく身体に合わせ、ピクッ、ピクッと秘所が震えた。それがセトウェルの指に伝わっているのが恥ずかしい。

ん……、と小さく声を上げて身じろぐと、敏感な突起にまた親指が触れてきた。

「……きゃっ」

思わず、痛い、とこぼしてしまう。腰をねじるようにしてその指から逃れると、同時にゆっくり、二本の指も引き抜かれた。

「可愛かったな、ファティ」

セトウェルが身体を起こした。それを追いかけるように、とろん、と潤んだ目で見上げると、夫となる青年は手早く腰布を外し、寝台の外へ放り投げた。

「…………！」

ファティはサッと目を逸らす。

筋肉の形のはっきりした平らな腹部に貼りつくように、男性自身が勃《た》ち上がっていた。暗がりに一瞬見えたそれは、初めての自分に受け入れられる太さなのかと、恐怖を湧かせるに足りた。

ファティの蜜で濡れた指を自身にこすりつけていたセトウェルは、少し困った顔をした。

「怖いか？」

「……」

平気です、と言いたい。しかし声にならず、気まずく唇を閉じる。

「痛みはどうしようもないが……、つらい思いをさせたくはない。少し待っていろ」

「え……？」

セトウェルは手のひらでファティの頬をさっと撫で、寝台を降りた。

「セトウェル様？」

離れていくその背を目で追いかけるだけでは足りず、ファティは上半身を起こした。とたん、痺れているような秘所から、とろ、と蜜がこぼれるのがわかった。

思わず、足をこすり合わせてしまう。

与えられた快感に、身体はまだ火照っている。下腹部が疼いて、足りないのだと、埋めて欲しいのだと、訴えている。

「……セトウェル様」

こぼした声には、甘く媚《こ》びるものが含まれていた。

寝室に置かれたいくつかの灯火の淡い光を背に、セトウェルが戻ってくる。

その手には、小さな壺が握られていた。

「……それは？」

寝台の端に腰掛け、壺の口から丸い蓋を外したセトウェルに少し近づいて、ファティは手元を覗き込んだ。

壺は青みを帯びた白色で、ふっくらとした楕円の形をしている。蓋を外しても、とくに匂いはなかった。

「あまり使いたくないが、痛みで泣かせたくない」

セトウェルは広げた手のひらに壺の口をつけ、傾けた。蜂蜜《はちみつ》のような中身がとろりとこぼれ、大きな手を濡らす。

「ファティ」

壺を足元に置いた手を上げ、セトウェルは上半身を起こしていたファティの肩を抱いて引き寄せた。そして胸元にしまうように抱きながら、香油で濡れた手をファティの足の間に差し入れる。

ぬる、と滑り、硬い指が秘所を探るように動いた。

ファティは両手を丸め、セトウェルの胸にしがみついた。そのままの体勢で、そっと、寝台に倒される。

優しく、しかし有無を言わせない力でファティの両足を開かせ、その間に身体を入れたセトウェルは、逆手にした指先で秘所を弄りだした。

蜜と香油が混じり、先程より淫らで大きな音がひっきりなしに響く。

入り口を包む左右のひだを割り、太く硬い指が挿入された。

「あ……っ」

思わず声を上げると、誘われたようにセトウェルの顔が傾けられ、鼻をこすり合わせるようにして口づけられた。

「……舌を出せ」

淫靡《いんび》な命令に従いそっと舌を突き出すと、すぐに唇ではさまれ吸われた。

その間も、受け入れる部分に挿れられた指は、ぬめりを奥にまで届けるように抜き差しされている。一本がいつのまにか二本になり、柔らかく熱い内部を押し広げるように動く。

んんん、んんん、とくぐもった声ごと吸われるように、セトウェルに口づけられたままのファティの身体が、腰を中心に揺れていく。

湧き上がっていく愉悦に、無意識に動いて跳ねてしまう。それに煽られたように、上になっていたセトウェルの身体が強く押しつけられた。

「……あっ、あ……っ？」

下腹部の脇、腰骨のあたりに、熱く弾力のあるものを感じた。セトウェルの興奮なのだとすぐに気づいて、キュッと奥が絞られるような感覚が走る。同じように欲情している証《あかし》が、嬉しかった。

「ファティ、ファティ……」

最後に音を立てて唇を離し、セトウェルは間近で微笑んで見つめてきた。

「もういいか？　いいな……？」

「……は、い」

「わたしのものだ、ファティ。わたしの王女だ……」

秘所から指を抜いたセトウェルは、その手で怒張した自身を軽くこすり上げながら、身体を起こした。

開いたままのファティの足をそれぞれ抱え、さらに大きく開かせる。膝を曲げ、秘所を隠すことなく男の視線に晒す己の痴態に、ファティは思わず目を閉じた。

「力を抜いてくれ、息を吐いて……」

「は、はい——は、あ……！」

ぐ、と押しつけられた屹立《きつりつ》は、太い切っ先が何度か柔らかなひだをくすぐり、入り口をとらえた。

「……いくぞ」

低く、男の声がする。

詰めていた息をそろそろと吐き出しながら、ファティは目を開けた。

はい、と答えた声をうまく出せたのか、わからない。

セトウェルは腰を進め、硬い欲望で隘路《あいろ》を貫いていく。

「……ンッ、あ……ぁ、ああ……ッ！」

香油で滑りがよくなっていても、どれだけ蜜を溢れさせていても、初めてのファティにはつらい。

痛みと、違和感と、圧迫されていく感覚。

「……くっ」

呻くように短く声を上げて先端をねじ込んだセトウェルが、ファティの片足を肩に担ぎ、空いた手を細い腰の下に差し入れ、ぐ、と持ち上げた。

浮いた下腹部から、とろとろ、と香油と蜜が混ざったものが垂れる。

しかしそんな感触も一瞬で、余裕のできた空間に身体ごと埋めるようにして、セトウェルが欲望を深く突いてきた。

「や――……ッ！」

経験したことのない痛みが奥に走り、全身を強張らせてファティは仰け反った。

痛い。熱い。痛い……！

見開いた目尻から涙がこぼれ、唇がわななく。

受け入れることがこんなにつらいものだとは思わなかった。神殿付きの踊り子たちは、くすくすと笑いながら「気持ちのいいものです」と言っていたのに！

「……ファティ、全部、入ったぞ」

足を持つ手を離したセトウェルは、吐息をつくようにささやきながらその手を伸ばし、ファティの涙を拭った。

「痛いな、すまない。……だが、わたしは嬉しい。痛みであっても、おまえに与えているのはわたしだ」

見下ろしてくる黒い目に、仄暗《ほのぐら》い光が宿っている。細められたその奥には、劣情だけではなく、征服欲が燃え盛っていた。

「わたしに馴染んでくれ、ファティ」

「あ……っ」

「わたしだけに」

セトウエルはゆっくりと腰を動かしはじめた。根元まで埋めた自身を、さらに奥深く突くように揺らす。

痛みと圧迫感に、ファティは息を詰めて耐えた。

セトウェルは肩に担いだファティの足を下ろし、自分も身体を伸ばして組み敷くように重ねてきた。

すがるものを見つけたファティの両手が、ゆるゆると上がって男の背中に回される。

「セトウェル、様……」

「うん」

「痛い……です」

訴えながら、しかし触れ合う熱い肌と、たくましく硬い、その重みに言い様のない安堵が湧いた。

ギュウッと力を込めてすがりつき、ファティは吐息をつく。

――この人のものになったのだ、と実感した。つながった下腹部はまだ鈍く痛むが、満た

された喜びのほうが強い。

「痛いけど……でも、嬉しい、です」

「そうか」

セトウェルは小さく笑って、わたしもだ、と答えた。

「すぐ気持ちよくなる。もう少し、こらえてくれ」

低い声が耳元で密やかに告げ、ぺろりと耳朶を舐められる。ああっ、と反射的に上げた声は、重ねられた唇で塞がれた。

ちゅ、と優しく触れるだけの口づけをしながら、セトウェルは動きやすい体勢を取って、徐々に腰の動きを大きくしていく。

ぎりぎりまで引いて、また深く差し入れる。一度その動きで快楽を拾うと、セトウェルは自制が吹き飛んだように、律動を大きく、速くしてきた。

「ひゃ……ぁっ」

これまでとは比較にならないほど激しく、淫らな水音が結合部から上がり、そこにファティのかすれた声が加わる。はあ、はあ、と荒い息は、互いのものだ。

ファティ、と呼ばれる。

苦しそうに。

けれど包み込むような甘い色を含んだ声で。

何度も耳孔《じこう》に吐息とともに直接ささやかれ、そのたび、体内がきゅうっと縮むような不思議な感覚にとらわれた。

わからない。もう。痛いのか、気持ちいいのか。

「ファティ……！」

「あ……あっ、あっ、あン、あ……っ」

繰り返される律動に揺らされながら、ファティは押し寄せる快感に蕩け、我を忘れた。

五章

「お母様」

ファティは、部屋に入ってきたナルムティに身軽く駆け寄った。

表情に乏しいのは変わらないが、母は明らかに顔色が悪い。

「具合でも悪いの？　お食事は？」

「食事もしておりますし、身体にも変わりはありません」

ナルムティはきっぱりと言い、しかしその後、めずらしく口元をゆるめた。

お母様、と呼んでも母は咎めることがなくなった。

諦《あきら》めた、というのもあるのかもしれない。だがなにより、セトウェルが言ってくれたのが大きかったようだった。

――ファティが正式に「ネフェルファティ王女」として迎えられ、数日が過ぎていた。

イメンカナティ王の意向として、新しい王女のお目見えの宴はささやかなものだった。だが、大河が増水し耕作地が冠水するこの増水季は、神事が多い。王はそこに新しい王女を紹介する文言を巧みに盛り込ませた。

神々のみならず、王都の民にまで知らしめるために。

ファティには混乱と困惑と、それ以上に恐怖に似た感情に揺さぶられた日々だった。

正直、よく覚えていない。

部屋に置かれた像のひとつでもあるかのように、言われるままに動いていたに過ぎなかった。

そんな中、ファティの心のよりどころのひとつとして、セトウェルはナルムティに「お母様」でいるよう、諭してくれたのだ。

常にセトウェルかアクミがそばにいたので、ふたりきりで過ごせることはなかったが、朝の食事が済む頃、ナルムティが部屋を訪れるのはこの数日ですっかり習慣になっていた。

ファティがセトウェルとともに食事をとる部屋は、黄金を使った飾り柱と、深い青色をしたガラス板を敷いた卓を中心にしている。

壁際の窓は大きく、天井近くまで開けていた。その下に置かれた、背もたれに透かし彫りを施した黒塗りの長椅子にセトウェルが足を組んで腰掛け、広げた書簡を確認していた。

「セトウェル様にも一日のご挨拶を申し上げます」

「ああ」

頷いて応えたセトウェルは、また書簡に目を戻す。

ファティが王宮に来てからそばを離れず、ほとんどの時間をともに過ごしてくれるセトウエルだったが、仕事の報告は頻々《ひんぴん》と届けられている。

王の息子として、セトウェルは南方を主にした軍事方面を担当していた。いまは遠征や、逆に他国に攻め入られることはないが、それでも緊張を強いられる仕事であると、ファティも理解していた。

それでも若干の寂しさのような——不安のようなものは消えない。セトウェルはまた南方に行くのではないか、と。

もちろん、その場合、できれば自分もついていきたいと考えている。未知の土地は恐ろしくない。王宮よりずっと、楽かもしれないのだから。

だが、連れていかれなかったら？　置いていかれたら、どうしたらいいのか。

この王宮で、ひとりで……？

ふと、マドュにいるはずの子供たちや爺の顔が思い浮かんだ。

「……みんな元気かな」

窓の外に広がる空を見上げ、ファティはつぶやいた。

マドュは王宮から見て北に位置する。あちらだろうかと視線をめぐらせば、ナルムティが背後から「だいじょうぶですよ」と声をかけた。

「爺や神官たちが、いつものようによく見てくれているでしょう。心配ありません」

「……はい」

頷きながらも、チクチクするような胸の痛みは治まらない。

「気になるなら、そのうちにマドュに行こう」

書簡に目を落としていたセトウェルが、ふと顔を上げた。

聞かれていたのかと、ファティはわずかな気まずさを覚える。べつに戻りたいわけではないのです、と答えるべきだろうか？

しかし口に出された提案に、じわじわと喜びが湧き、気づけば大きく頷いていた。

「行けたら、嬉しいです」

「そうか。では考えておく」

セトウェルが微笑み、手の中で書簡を丸めながら立ち上がった。

「今日はとくに予定もない。ここでゆっくりしていてくれ」

「え？　セ、セトウェル様は、どちらに？」

部屋を横切り出ていこうとする背に、慌てて尋ねる。

「顔を出さなければならない用ができた。心配しなくても、すぐに戻る。ここは安全だし、アクミにも気をつけるよう言っておく。……ナルムティ、そこまで一緒に」

「はい」

問い返すことなくナルムティは、セトウェルの後について出ていく。

「……」

ひとり残されたファティは、がっくりとうな垂れた。

セトウェルが自分の仕事を犠牲にして、常にそばにいてくれるのはわかっている。

だが突然、こうして置いていかれると、心細くてたまらなくなるのだ。

いつも夜ならいいのに、とふと思ってしまう。――夜なら、寝台でふたりきりになれるのに、と。

低く響くあの声で、ファティ、と耳元でささやかれ。

大きくて硬い、乾いた手で触れられて……。

「……っ」

火照りだした顔を両手ではさみ、ファティは俯いた。

なんという淫らなことを考えて……と悶えてしまう。だが閉じた目の奥で、昨夜のことが
――その前の夜も、その前も――そうして、初めてセトウェルとひとつになった夜まで浮かんできて、声にならない声を上げ、ファティは両手で顔を覆ってぶんぶんと頭を振った。

「……ネフェルファティ様？」

不審げに声をかけられ、ハッと手を外し顔を上げれば、部屋に入ってきた女官のアクミが細い目を、さらに糸のように細めて見ている。

「お具合が悪いのですか？」

「い、いいえっ、なんでもありません」

「そうですか。では」

アクミの背後には、きらびやかな装身具をそれぞれ掲げるように手にした、若い侍女たちがつき従っていた。

「次の外出で御身を飾るものです。合わせておきましょう」

主人の妙な行動をそれ以上問わず、アクミはファティを化粧台の前に誘導した。


「――王には、お会いしているか?」

庭園に面した通路のひとつ。太い飾り柱が作る影の中で足を止めたセトウェルは、後ろからついてきていたナルムティを振り返った。

王宮の奥のこととて、人の姿はほとんどない。庭園に何人か衛兵の姿が見えるが、通路を行き交う者はいなかった。

ひとつ離れた柱の影を踏んだナルムティは、同じように立ち止まって「いいえ」と首を横に振る。

「……わたしはそろそろ、ここを離れたいと思っておりますし」

「王は、おまえを呼んでいるはずだ」

ナルムティの言葉を無視して、セトウェルは鋭く言った。

「もう過ぎたことは忘れ、王にお会いしろ」

「……」

「おまえがここに来たのは、了承したからだと思っていた」

「いいえ、わたしはネフェルファティ様のために——」

「ナルムティ！」

唸るように名を呼び、女の言葉を遮る。

「わかっているはずだ。……ファティのためだと言って己を偽るな。王にお会いしろ」

「……」

ナルムティは顔を背けて俯いた。その横顔が影に沈み、表情を隠す。

もう十何年も経っているというのに、どこまで頑なか、とセトウェルは苛立ちを覚えた。

だがそれはすぐに、憐《あわ》れみに変わる。

夫を失い、子まで失い。——すべてを王宮に奪われた女。

六歳の頃だが、はっきりと覚えている。

ナルムティの悲嘆も。王の苦悩も。後宮の女たちの騒ぎも。

ねっとりとした瘴気《しょうき》に王宮全体が包まれたような日々——それはセトウェルの中で、心を病んだ実母の甲高い声と絡み合い、忘れがたいものだった。

王宮は、美しく恐ろしい場所——……。

「……すまない、ナルムティ。おまえがここに来たのは、ファティのためだ。それでいい。

おまえが王をお恨みする気持ちは理解できる。……だが王は、病に苦しまれている」

ハッとしたように、ナルムティは顔を上げた。

「病……とは？」

「イムエフ王子の死で、力を失われた。お命にも関わるかもしれない」

「……だから、なのですね」

ため息をつくように言い、ナルムティは細い自分の腕を、もう一方の手で握って俯いた。

「いまさらわたしごときに会いたいなど、王たる御方が……」

「先程報告があった」

セトウェルは手にしていた書簡を軽く上げて示す。

「昨夜、王はお倒れになったそうだ。大事はないようだが、呼ばれている。……おまえがいいと言うなら、王の寝所に連れていこう」

ナルムティは膝を突き、セトウェルに向けて頭を垂れた。

「どうかお許しください、セトウェル様。わたしは長く心を殺して生きてまいりました。……王の眼差しやお言葉は、わたしにはまぶしすぎるのです」

＊　＊　＊

装身具を合わせることも終わってしまうと、さしてすることはなかった。

後片づけをする侍女らに指示をしているアクミの後ろ姿をぼんやり見つめながら、ファティはため息をつく。

セトウェルはまだ戻ってこない。

そうなるとひとりで行けるところもないし、することもなかった。

もちろん、ほかの王女はそうではないだろう。工房を使い独自に交易を行い、政務に関わらずとも、神殿を通じて民のためにと奉仕をする王女もいる。

しかしファティは豪奢に着飾らせられ、化粧し、座っているだけ。

「……」

「お疲れになりましたか」

装身具を抱えた侍女たちが出ていくと、アクミはようやく思い出したようにファティを振り返った。めずらしく口元がゆるんでいる。

苦笑だろうか？　と思ううち、アクミはいつもの厳しい顔に戻った。

「お育ちを考慮しますと、大変なのはわかります。ですがこれも、セトウェル様のためでございます。どうかご理解を」

「……は、はい。もちろんです」

わたしのためではないのだ、とつい思ってしまった悪意に似た感情に、ファティは戸惑った。俯いて自分の胸に手を当て、いやな感情を吐き出すように軽く撫でる。

「……アクミは、女官として、長いのですか？」

「は？」

「いえ、あの、女官として長く務めていて、それでセトウェル様にも忠実なのかと」

「……わたしは最近、あなた様にお仕えするために、女官にしていただいたのです。もともとは、セトウェル様のご生母であります、第三王妃ラフィア様に仕える侍女でした」

「そうなの」

セトウェルの母――ふと、第一王妃スィウセルの言葉が思い出された。ご病気なのよ、と。詳しく訊きたいとも思ったが、必要ならばセトウェルが教えてくれることだ。

ファティは笑顔を作って、顔を上げた。

「結婚はしているの？」

「え」

「結婚は――」

「しておりません！」

アクミは顔を歪めた。しかし慌てて取り繕うように、咳払《せきばら》いをして首を横に振る。

「……申しわけございません。幼い弟妹がおりますし、王宮の仕事と家のことで手一杯ですので」

「兄弟がいるのね！　いいなぁ、わたしも家族みたいな子たちはいたけど……、兄弟はいないから、うらやましぃ」

「ネフェルファティ様」

目をしばたたきながら話を聞いていたアクミだが、ふいに、ぎこちないながらも親しみを込めた笑顔を見せた。

「王家の方々は、あなた様の兄弟姉妹でいらっしゃいます。僭越《せんえつ》ですが……、兄弟がいないなど、声に出しておっしゃってはいけないと思いますよ」

「……そうね」

ファティは曖昧《あいまい》に微笑んで頷いた。

「わかりました。ありがとう、アクミ。これからも教えてくれると嬉しいです」

その後もお互い手探りながら会話は途切れず、ファティはこれまでの鬱屈《うっくつ》を晴らすようにお喋《しゃべ》りを楽しんだ。

アクミは後宮の工房のひとつで働いていた父を手伝ううち、侍女として仕えるようになったのだという。

「セトウェル様から直々《じきじき》に、妻になる娘についてほしいと言われまして」とも、明かしてくれた。女官になることも嬉しかったが、信頼してもらえた、というのがアクミには誇らしかったらしい。

「失礼いたします」

そうして話すうち、侍女のひとりが部屋に入ってきた。

「どうしました」

アクミが女官らしい機敏な動作で対応すると、まだ若い侍女は困惑したような表情を隠さないまま口を開いた。

「……その、後宮から取り次ぎがまいりまして」

「後宮から？」

「はい。イメルティト王女が、お越しになっておられます」

その名前を耳にした途端、ファティは椅子から立ち上がった。

アクミの横顔に目を向けると、頷いた後、女官は言った。

「すぐにお通ししてください。よろしいですね？」

イメルティト王女は第二王妃の娘であり、ホルヘテプ王子の妻である。「王女」と認定されたばかりのファティに断る権限などない。

――でも、なぜ？　セトウェルに会いに来たのだろうか、と思った。もしかして留守なのを知らず訪ねてきたのかもしれない。

侍女が慌ただしく出入りして用意を整え、アクミも素早くファティの身なりを直したところで、イメルティトが現れた。

十八歳の王女は、他を圧するような輝きを放っていた。つやのある黒髪、美しい曲線を描く身体を包む真っ白のドレス。紅玉髄で統一した装身具が、花を添える。

つき従ってきた女官たちを部屋の外に置いて、イメルティトは優雅な足取りで入ってきた。

「ようこそお越しくださいました、女官アクミが主人に代わり――」

「黙って」

跪いて述べられる言葉を遮り、視線だけはファティに当てたままイメルティトは鼻で笑った。

「女官からの挨拶など聞きたくないわ」

「……申しわけございませんでした」

立ち上がって出迎えていたファティは、その場で頭を下げた。

「イ、……イメルティト王女に、ご挨拶いたします」

声がふるえる。ドレスの裾から覗く、イメルティトの黄金のサンダルを見つめながら、ファティは細く息を吸った。

「……ようこそ、お越しくださいました」

「おまえに会いに来たわけではないけどね」

イメルティトは部屋を横切って、窓際の椅子のひとつに腰を下ろした。

「セトウェル兄様がいらっしゃらないなんて！」

「……申しわけありません」

「おまえ、水を持ってきて！　喉が渇いたわ」

イメルティトはヘンナで赤く染めた爪を突きつけるようにして、アクミを指した。

「かしこまりました」

アクミはチラッとファティを見上げたが、そのまま部屋を出ていく。

残されたファティは、顔を上げることもできずにじっと立ち尽くした。

高い天井まで届く細長い窓から、かすかに風が入ってくる。そこに混じる甘い香りは、イメルティトのものだろう。

身体の前で握り合わせた両手が冷たいままだ。指先が白くなるほどにきつく握りしめ、ファティは気まずい時間を耐える。

「――お待たせいたしました」

それでも予想よりずっと早くアクミが戻ってきて、手にしていた杯をイメルティトに差し出した。

受け取った王女は、しかしそれを口元に持っていくこともなく、杯を投げ捨てた。カラン、と杯が床に転がる音が響く。

「やはりいらないわ」

イメルティトは鼻で笑った。

「毒でも入っていたらイヤだもの」

「そのような……！」

「なぁに？　わたくしにそんな口を利くの？」

気色ばんだアクミを笑いながら制し、イメルティトは紅玉髄の装身具をカチカチと一斉に鳴らしながら立ち上がった。黄金のサンダルの底が、カツ、と床を蹴る。

「仕える者の躾《しつけ》もできないのね！　なにが王女よ。わたくしの妹？　認めないわ。みんな、そう言ってるんだから！」

「……っ」

弾かれたように顔を上げたファティの正面に、美しい王女が立っていた。

「ミンティアお姉様もおっしゃっていたわ、王の気まぐれが過ぎる、と！　おまえなんかが王女のはずないもの……！」

「……は、はい」

同意するのもおかしい気がするが、ファティは頷くようにさらに深く頭を下げた。

「申しわけありません……、でも……」

「でも？　でも、なに!?」

「お、王が」

イメルティト様、とアクミの声がふたりの王女の間に割り入る。

「ネフェルファティ様は、王がお認めになられた御方でございます、どうかそれ以上は――」

「うるさい！」

ダンッ、と重い音を立ててイメルティトは床を踏み鳴らし、ファティの横で跪くアクミを睨み下ろした。

「王はちゃんとしたご判断ができなくなっているのよ！　そうよ、おかしいでしょう？　どうしてこんな女が王女なんて……！　それに――それに、兄様の妻なんて！」

激高しているイメルティトは、飛来した虫を払うように腕を大きく振った。

「……っ！」

傷つけようとした動きではなかった。だがその手が、下げていたファティの頭に当たった。

痛みよりも驚きのほうが強かった。しかし、当たってしまったイメルティトも同じだったのかもしれない。「あ……」と気が抜けたようにこぼし、王女は一歩、退いた。

「イメルティト様、なにを……！」

アクミが非難を込めた声を上げた。

「どうなさいました!?」

「イメルティト様、なにか」

ふたりの王女の様子に気づいた女官や侍女らが、部屋に入ってくる。

イメルティトは自分の手とファティを交互に見ていたが、女たちに囲まれると「帰るわ！」と声高に言い放ち、逃げるように出ていった。

「……ネフェルファティ様」

「あ、だ、だいじょうぶ、です……っ」

立ち上がって声をかけるアクミの心配そうな顔を見た途端、驚いただけです、と続けようとした言葉が途切れた。喉が詰まり、息を吸うと同時にポロリと涙がこぼれる。

「ネフェルファティ様！」

伸ばされた手にすがりついて、ファティは泣きだした。

アクミはもう片方の手をファティの背に回し、子供にするように優しく撫でる。

「これからは、うまくお相手できるようにいたしましょうね」

「だっ、て、わ、たし……っ」

「できますよ、できなくては。……後宮では、もっとつらいこともあるのですよ？」

「……」

「イメルティト様も、おつらいのでしょう」

「え……？」

しゃくりあげながらアクミを見上げると、女官は躊躇《ためら》う素振りを見せながらも、背を撫でる手を止め、教えてくれた。

「……ホルヘテプ様が妻に迎えられた方々が、ほかにもいらっしゃいますから……」

昨夜のセトウェルトの話を思い出し、鼻をすすり上げながら、ファティは頷いた。

「そう、ね……、みんな、つらいのね」

「ええ。——ですが」

アクミは細い目をさらにせばめ、剣呑《けんのん》なものを浮かべる。

「イメルティト様は、王の娘。王女としてのお立場がございます」

女官はぴしゃりと言って、ファティの顔を覗き込んできた。涙で化粧が取れ、まだらになっているのかもしれない。目を見開いたアクミは、そっと顔を逸らした。

「……それでも、やはりおつらいのでしょう。とくに後宮ではそれが顕著ですから。ともかくネフェルファティ様、早く慣れましょうね」

「はい……」

ファティはゆっくりと頷いた。

セトウェルに守られるだけでなく、自らも学んでいかなくてはならない、と思いながら。


「どうした？」

戻るなり駆け寄ったセトウェルは、ファティの顔をはさむように両手で包み、持ち上げた。

「なぜそんな顔を……、泣いていたのか？」

間近で見つめる黒い目に、腫れた瞼をした自分の顔が映り込んでいて、ファティは気まずくなる。

どうにか落ち着いて涙を拭い、濡らした手巾《しゅきん》で目元を冷やして、いまは化粧も直した。なのに、ひと目で気づかれるほどひどいなんて、とファティは恥ずかしくなる。

「……申しわけありません、見苦しくて」

「なにがあった」

セトウェルは眉根を寄せ、声に怒りを含ませてもう一度、問うた。

「なにがあったのだ、言え」

「イメルティト王女がいらしまして」

「アクミ！」

部屋の隅に控えていた女官は、ファティの声にいったん言葉を切ったが、振り返ったセトウェルの視線に促されて続けた。

「ネフェルファティ様には、少々、緊張が過ぎたものと思われます」

「……そうか」

セトウェルは納得していないようだったが、とりあえずそれ以上の追及をすることなく身を屈め、椅子に座るファティに顔を近づけた。

「あ、あまり、見ないでいただけますと……」

「すまない。……すまなかった。つらい思いはさせたくないのに」

セトウェルは頬を包んでいた両手を滑らせ、何度も撫でる。

「もう少しだけ我慢してくれ、ファティ。いますぐは無理かもしれないが、マドュに移れるように手配するつもりだ」

「え……？」

「王都の近辺であれば……、いずれは王となられる兄上も許してくださるだろう。なにかあっても、すぐに駆けつけられる距離だ」

腫れぼったい瞼を開いて、ファティはセトウェルを凝視した。

「……ほんとうですか？」

「いやか？」

「わたしも連れていってくださるんですか？」

撫でる手を止め、セトウェルは微笑んだ。

「残りたいのか？」

「いいえ！」

頬を包む大きな手に自分の手を重ね「嬉しいです」と答える。

「ずっと一緒だ」

「はい」

「おまえはそのために王女としてわたしの妻になった。わたしが守れるように」

「……はい」

王宮から離れれば「王女」という称号も、それほど重いものではなくなるだろう。ただ妻として、そばにいられる。

「セトウェル様、お食事はどうしましょう？」

落ち着いたファティの様子に安堵したのか、笑顔を浮かべながらアクミが立ち上がった。

「昼食には遅い時間ですが、なにか軽いものをお持ちしますか？」

「ファティは食べたのか？」

「……いえ、食欲がなくて」

セトウェルはちらりと、窓の外に目を走らせた。くり貫かれた窓からは、熱い日射しに焼かれる庭園の一画が見える。

「涼しいところで、ふたりきりでゆっくり食べよう。果物や、甘いものでも」

「はい」

心配するセトウェルの気持ちが伝わり、ファティは微笑んで頷いた。

——食事が用意されたのは、木々が生い茂る庭園に面した、北向きの一室だった。

午睡《ごすい》などの休憩に使われる部屋で、左右に青く塗った飾り柱が並び、中央に長方形の大きな内池が配置されている。

いくつか段差を作って床より低くつくられた内池は、張られた水が濁らないよう堀が切られ、絶え間なく水音を響かせていた。かすかに揺れる水面には大きな葉とともに、蓮の白い花が浮かんでいる。

薄布に仕切られた奥に寝台はあったが、椅子や卓などは用意されていない。セトウェルは運び込もうとする侍女たちを笑って制し、内池の縁に直接、腰を下ろした。

アクミは厚手の敷布だけを用意し、果物や蜂蜜をかけたパンなどのいくつかの料理を置いて、扉を閉め出ていった。

「ほんとうは、外に連れ出してやりたかったが」

セトウェルはワインの入った杯を口元に運びながら、階に置いた足先の水面を見つめた。

「いまはまだ無理だな」

「でも、ここも素敵です」

ファティは壁に目を向けた。

段差を作ってわざと低くしているのは大河を模したからで、壁には水辺の風景が描かれている。天井に近い上側には、群れで移動する鳥も描かれていた。

ファティの視線の先を追い、セトウェルは小さく笑った。

「おまえの鳥撃ちをまた見たいな」

「それは……っ」

顔に一気に血が昇る。ファティはうろたえたが、結局、一緒に笑った。

「またふたりで行こう。次は、投げ方をちゃんと教える」

「……でもマドュで以前、連れていってくださったとき、セトウェル様だって一羽も獲れなかったんですからね」

「わたしばかり獲ってしまったら、おまえがかわいそうだろう？」

くくく、と肩をふるわせて笑いながら、セトウェルは手を伸ばして、ファティの垂らしたままの髪につけられた、細い金の板飾りを弾いた。

「わたしが贈った飾りはどうした？」

「いまは手元にないのですが……」

王女としての装束に合わないという理由で、髪につけるのはアクミに却下されている。だがファティにとっては、初めてセトウェルにもらったものだった。大切なの、いつもつけていたいの、と訴えると、女官は返すことを約束してくれた。

「でも髪飾りではなく、元のように腕輪のほうがよろしいでしょう、と。わたしの腕に合わせて、近いうちに直してくれるそうです」

「そうか」

セトウェルはもう一度、指先で板飾りを弾き、揺れる小さな輝きをじっと見つめた。

「……そばにいなくてすまなかった、ファティィ」

「え？」

「二度とこんなことはさせない」

声を低くして言い、ファティに手を伸ばしてくる。まだいくらか腫れている目元に触れたセトウェルの指先は、気遣うためか、怒りのためなのか、かすかにふるえていた。

「泣いていたおまえを思うと、自制が利かなくなりそうだ」

「セトウェル様……」

「わたし自身を許せないんだ、ファティ。おまえをひとりで泣かせてしまったことが」

「……」

「おまえはもっと、わがままを言っていい。わたしに甘えてほしい。……イメルティトを許せなければ、おまえに謝罪もさせよう」

「そんな、とんでもない！　セトウェル様！」

「おまえのためなら、どんな手を使ってでも、そうさせてやる」

「……いいえ、とんでもないことです。そんな……、セトウェル様が怒ってくれただけで、わたしは十分です」

頬に滑り落ちていく硬い指の温もりを感じながら、ファティは微笑んだ。

「それに、もっとうまくお相手できるように、わたしも努力します。……イメルティト様のお気持ちもわかるので……」

「気持ち？」

「アクミから聞きました。自分の夫に、ほかの妻がいるというのは……」

「そのことか。だがホルヘテプ兄上は王になられる御方だ。王家の者としては、イメルティトの振る舞いは間違っている。ましてその苛立ちをおまえにぶつけるなど……、わたしが、二度と、許さない」

「あ、あのっ、だいじょうぶです、わたしも気をつけます。そ、それに仕方ないというか、イメルティト様も大変だと、理解しています、し……」

心になにかが引っかかり、声を小さくして語尾を濁したファティは、少し考えてからハッと息を飲んだ。

初めて結ばれた夜、たしかに妻はおまえだけだと言ってくれた。

だがセトウェルも王族の男子なのだ。自分以外に妻を持つかもしれない。いや、持つのが当然なのだと思うべきだろう。

「……っ」

大きな槍《やり》で突かれたように胸が痛み、涙が滲む。それをごまかすように俯いて、傍らにあった皿からパンを取り、ブチッとちぎる。

「ファティ？　イメルティトのことは、もう気にするな」

イメルテノトにされたことを思い出していると誤解したのか、セトウェルはまた手を伸ばし、ファティの頬を指の背で優しく撫でた。

その仕草に誘われるように、ファティは上目遣いでセトウェルと視線を合わせる。

夫となる王子は身を乗り出し、黒い目を細めて微笑みながら顔を寄せた。

「……ん」

唇が触れ合い反射的に目を閉じると、同時に手から力が抜け、持っていたパンの欠片を落としてしまった。それは膝の上で弾み、段差の縁に当たってさらに落ち、ボチャン、と間の抜けた音をたて水面を叩いた。

「あ」

青いタイルを敷いた底まで見える、澄んだ水だ。汚すわけには——身体を寄せていたセトウェルを避けるように身体をねじったファティは、足元の水に手を伸ばした。

「ファティ！」

一段下の階に置いた片足が滑り、均衡が崩れる。

セトウェルに腕をつかまれたものの、傾き落ちる勢いは止まらず、ザパッと波立ててファティは水に落ち、腰まで水に浸かってしまった。

「……」

「……早く上がれ」

「あ、でも、ちょうどいいです。届きますから」

落ちたときの衝撃で流されたパンの欠片を拾おうと、ファティは手を伸ばした。水の下でも段差が続くのは知らなかった。踏み出した足を支えるものがなく、意外な深さに肩まで沈んでしまう。

「きゃ……っ、ひゃ！」

「おまえは……！」

セトウェルは慌てて段差を跨《また》ぎ、腰布が濡れるのもかまわず屈んで、力任せにファティを引き上げた。

「こんなところで水に落ちる者を初めて目にした！」

子供を抱きかかえるような形でびしょ濡れになった身体を持ち上げ、段差をひと息にのぼる。

白い床が水浸しになった。

「も、申しわけありません」

抱きかかえられたままファティは、セトウェルの肩に置いた手をきゅっと丸め、小さな声で謝った。

身体にドレスが貼りついている。髪の先につけた黄金の板飾りからポタリと雫が垂れ、男の長めの髪にかかった。

「あ……」

ファティは下ろしてもらうよう、腕を突っ張る。

「……なんだ？」

不愉快そうに目を細め、セトウェルが見上げてきた。

「す、すみません、濡れますから……」

「いまさら、なにを」

セトウェルは女のように美しい形をした唇に笑いを刻んで、ファティの腰の下に回していた腕に力を込め、さらに高く抱え上げる。

「きゃ！」

不安定になった背に手のひらが添えられ、ぐ、と前に押された。突き出すような格好になった胸に、セトウェルが口づけた。

「……ゃあ……っ」

濡れて肌に貼りついた白いドレスだ。ふたつのふくらみも、その先端の形も、はっきりと見えてしまっている。

ファティを抱えたままセトウェルは、うっすらと赤く覗く頂を唇ではさんだ。

「あっ、や……っ」

濡れた布越しに咥《くわ》えられ、温かい息を感じてすぼまるように反応してしまう。あまりの快感に、ファティは仰け反って身を震わせた。

力強い腕でしっかりと抱えたまま、セトウェルは唇だけでファティの敏感な先端を弄んだ。すぐに硬く尖ったそれを、広げた舌でこするように長く舐め、ちゅ、と音を立てて吸う。

「やぁぁ……ッ」

宙に浮かされたままの両足をこすり合わせるように身じろぐと、セトウェルは離した唇に微笑みを浮かべ、ファティを見上げた。

「……このまま貫いてしまいたいな」

「え……」

すぐ間近で見上げている黒い双眸に、ファティは見惚れた。劣情に濡れた目。その淫靡な美しさに射貫かれ、息が詰まる。

「セ、セトウェル様、わたし……」

肩に置いていた手をゆっくりと外し、セトウェルの頭を抱えるように回す。

「このままでは、ちょっと……、落ち着かないですし、その、……重いと思います！」

「……」

ぎゅっ、と抱く腕に力を込め、ファティの胸に頰を押し当てたセトウェルが、小刻みに身体を揺らした。

「あ、あの……？」

伝わる振動で笑っているのがわかった。

「……おまえは！」

目元に笑みを残した顔を上げ、ゆっくりとファティを床に下ろした。

サンダルの底がついた途端、カクン、と膝から力が抜けるが、セトウェルが自分の身体にしがみつかせるように、しっかりと支えてくれた。

「すみません……きゃ！」

安堵したのも一瞬で、すぐにまた、今度は軽々と横抱きにされた。

ぱちぱちとまばたきするうち、セトウェルはふたりの身体から垂れる雫も気にせず、早足で部屋の隅に向かう。

「セ、セトウェル様？」

「重くはないが、落ち着かないなら仕方ない。寝台でならかまわないな？」

午睡用の寝台があったことを思い出して、ファティの頬が火照る。熱はすぐに全身に広がり、煽られたように足の間が疼きだした。初めて抱かれてから、毎夜、セトウェルを受け入れている秘所が、羞恥に反応するように収縮する。

「でも、アクミが……」

食事をするためにここを使っていたのだから、女官はすぐに戻ってくるだろう。

だが男の足を止めることはできなかった。

「なにをしているか気づくはずだ。しばらくはふたりきりにしてくれる。あれは優秀な女官だ」

セトウェルはにっこりと笑って、寝台を囲む薄布の、断ち切られた間から身体を入れた。

――気づかれるのが恥ずかしいのですが……、と思うものの、自分を抱く硬い腕や胸板の感触に抵抗も解けてしまう。与えられる快感を覚えた身体は、ふるえて、ただ熱い。

大きな葉を広げた植物に囲まれた広い寝台は、乱れもなく調えられていた。

その上にことさらゆっくりと下ろされ、ファティは目を閉じた。

「ホルヘテプ様がお見えでございます」

アクミがそう告げたのは、灯火を用意していく侍女たちが行き交う夕暮れだった。

青いガラスを天板にした卓に次々と料理が並べられていき、ちょうど野菜でくるんだ魚のすり身を口に入れたファティは返事ができず、自分付きの女官を見上げて首を傾げた。

「どうなされますか？」

アクミの細い目が少し見開かれ、そのままスッと、セトウェルに向けられた。

「こちらにお通ししてしまってよろしいものでしょうか」

「ああ、頼む」

セトウェルは手にしていたパンを置いて、立ち上がった。

ファティも慌ててそれに倣ったが、口の中に入れたものはまだ飲み込めない。必死で咀《そ》嚼《しゃく》するうち、ホルヘテプがひとりで入ってきた。

「食事中か、すまない」

異母弟に似た、けれどもっと線の柔らかい印象のあるホルヘテプは、両肩から胸元を覆う大きな半円の胸飾りをつけ、袖《そで》のゆったりした上衣をまとっていた。

額には黒にも見えるほど色の濃い青金石を嵌めた黄金の飾りをつけ、目を縁どる化粧も美々しい。

きらびやかさに見惚れて目を大きくしていると、ホルヘテプはすぐに気づいてにっこりと笑いかけてきた。

「やあ、新しい妹」

「は、あの」

ファティは頭を下げ、急いで残りを飲み込んだ。

「……ご、ご機嫌、麗しく」

「うん、挨拶はまだだな」

ホルヘテプは手を伸ばし、撫でるようにしてファティの頭に触れた。

「兄上」

「わかっている。触るな、だろう？」

「……宴の途中でしたか？」

「これから、な。面倒だが、務めのひとつだ」

「楽しんできてください」

「なにを他人事のように」

ホルヘテプはハハッと声を上げて笑った。

「おまえにも出てほしいものだよ、セトウェル」

「わたしは軍人ですから、皆を退屈させるだけですよ」

「おまえは競うこともしない。それはそれで、寂しいものだ」

「恐れ多いことです、兄上」

「……」

頭の上で過ぎていく兄弟の会話についていけず、ファティは黙ったまとりあえず微笑んでいた。困ったときはそうして頷いていればいいのです、とアクミの教えである。

「それでお話はなんですか、兄上」

自分の場所を譲り、ファティの隣に座ったセトウェルは、同じように腰を下ろした異母兄に切り出した。

「うん、まあ予想はしているだろう」

ホルヘテプは、異母弟が飲んでいた杯を手にしながら答えた。

「わたしの妻の粗相を、許してほしくてね。ネフェルファティは殴られたと聞いたが？」

「えっ⁉ な、殴られてなどいません！」

驚いて言い返したファティは、ぶんぶんと首を横に振った。セトウェルが不穏なことを言い出す前に、と焦り、緊張してうまく挨拶さえできなかったことも忘れて必死で言い募る。

「違います、手がちょっと当たっただけで、びっくりして、それで……！」

「ああ、そうか」

「……あの、イメルティト、様は……？」

「気にしなくていい」

杯を傾けて飲み干し、ホルヘテプは目を細めてファティを見上げた。

「あれも悪いのだ。本人はそうと認めないだろうが、な。王のお言葉を守っていない。……わたしは仲良くしてほしいと思っているが、なかなかそうもいかないようだ」

なあ？ とセトウェルに視線を移して同意を求めながら、ホルヘテプは空になった杯を卓に置く。

「なにが気に入らないのか……」

「わたしたちの異母妹は、強情ですから」

「そうだな」

セトウェルの言葉に苦笑して、ホルヘテプはそのままファティに視線を移した。

「おまえの素直さを見倣ってほしいものだ」

夫になる青年とよく似た端整な面立ちのホルヘテプに見つめられ、ファティは思い出したように緊張した。見開いた目を失礼にならない程度にさまよわせ、ふと、ホルヘテプのきらびやかな装身具に目を止める。

両肩から胸元を覆う半円の胸飾りは、中央に丸い琥珀がはめ込まれていた。しかし日輪を表しているのだろう琥珀《こはく》の両隣は、アセトやネブトフトといった玉座に関わる女神ではなく、図案化されたタウレト女神が象嵌されている。

ファティは身を乗り出して、その赤と緑の輝石で彩られた女神を凝視した。

「どうした？」

「……あ、申しわけありません。あの、ホルヘテプ様の飾りがあまりすばらしくて」

「わたしの？」

「はい。タウレト女神様ですよね？」

「ああ、これか」

ホルヘテプは顎を引いて自分の胸元を見下ろした。指先で飾りの縁をつまんで傾け、王になる男は自嘲するように硬い声音で言った。

「王家の男が……、おかしいか？」

「いいえ！」

ギョッとしてファティはすぐさま否定する。

だが、大河に棲《す》む大型の生き物の姿をとり、保護を表す聖刻文字を手にするタウレトは、男が――まして王族が身に着けるものに選ぶ意匠でないことはたしかだった。

「王宮ではあまりお見かけしないので、驚いたのです」

ふっくらとした腹が妊娠を示す女神は市井の女にとくに人気があり、ファティにも馴染み深い。母のナルムティはハルゥ神に仕えるが、それでも女ということでやはりタウレト女神を大切にしていたし、神殿が雇う踊り子たちも、舞楽を司《つかさど》るベス神とともに信奉していた。

「よくタウレトとわかったな。おまえは聖刻文字も詳しいようだ」

「わたしの母が神官長ですので……、それに、大好きな女神様なので覚えておりました」

「そうか」

飾りから手を離したホルヘテプは、笑いながら顔を上げる。

「嬉しいことを言ってくれる。……わたしを産んだ母が、タウレト女神に仕えていたのだ。女神の恩寵《おんちょう》もあってわたしを無事に現世に届けてくださったが、母自身は身体を壊し死者の国へ行ってしまわれた」

「……」

「そんな顔をしなくていい。あちらでも忙しくしているはずだ。タウレト女神のようにな」

「では、とても慈しみ深い御方だったんですね」

「……そうだな」

ホルヘテプは目を狭《せば》め、じっとファティを見つめた。その顔の上になにかを探すように、熱心に。

居心地の悪さを覚えたとき、首筋になにかチリチリと刺されるような感覚が走った。ファティが反射的に首をねじるより先に、乾いてざらついた力強い指がうなじに触れてくる。

「──兄上、イメルティトにお伝えくださいますか？」

不機嫌さを隠さない低い声で言い、セトウェルは前方の異母兄ではなく、ファティに顔を向けたまま「よろしいでしょうか」と確認した。

ホルヘテプは口元をゆるめて頷いた。

「うん？　なんだろう、弟よ？」

所有を示すようにファティの首筋に指を這わせながら、セトウェルは目線だけを兄に移す。

「わたしの妻になる娘に手を触れたり、傷つけたりしたときには……」

「ああ、わかった、わかったよ、セトウェル！」

異母弟の言葉を、ホルヘテプは快活に笑いながら遮った。

「おまえはまったく、その名の通りセト神のように恐ろしい。彼の神が犯したように、わたしを切り刻むのはやめてくれよ。もちろんイメルティトにも伝えよう。あれのことも許してくれ」

「……仰せの通りに、兄上」

「とにかく、王の御心を煩わせるのは、子としても望ましくないのだからな。――セトウェル、明日は？」

「太陽神殿に行く予定です」

「では、わたしたちも合わせよう。ちょうど、ミンティア姉上にも話がある」

「ミンティア姉上に？」

セトウェルは不審そうに聞き返した。

第一王妃スィウセルのただひとりの娘でありながら、ミンティアは夫を亡くした後、神殿にこもっている。本来ならば弟であるホルヘテプと結婚することが王女の務めだが、亡きイムエフ王子との間に子供ができなかったこともあって、王宮も黙認している状態だ。

「姉上に、なにか？」

「……いや、ご挨拶を、な。イメルティトがよく話をさせてもらっているようだから」

ホルヘテプは言葉を濁し、卓に置いた杯の縁を指で弾いて立ち上がった。

キン、と硬質な音が響き、それを合図にしたようにセトウェルも立ち上がる。

「かしこまりました。では、明日」

「うん。邪魔をしたな。――ネフェルファティ。次の挨拶は、微笑んでしっかり言ってほしいものだ、王女らしくな。まあ、いまのままでもわたしは楽しいからいいが」

「は……、は？」

呆気《あっけ》にとられるうち、ホルヘテプは訪れたときと同様に、足早に出ていった。

「……緊張しました……」

姿が見えなくなると、気が抜けてストンと椅子に腰を下ろしてしまった。

セトウェルが苦笑する。

「兄上は気さくな方だ」

「はい、お優しいです」

「だが、なにを考えているかわからない、怖いところもある方だ。おまえは絶対、近づくな」

「…………」

「なんだ？」

「なんでもありません」

似ているのはお姿だけではないのね、という言葉を飲み込んで笑顔で首を横に振り、それより、とこぼしてファテイはため息をついた。

「……イメルティト様と仲良くさせていただけるでしょうか」

昼間、打たれたところを無意識に撫でていた。

その仕草と不安を滲ませた声音に、セトウェルはハッとしたように、ファティが座る椅子の脇に片膝を突き、眉をひそめて見上げてきた。

「兄上が仰せだったのは、おまえのことではない。イメルティトと無理に仲良くする必要はないんだ、ファティ」

「は？」

「兄上ご自身が、イメルティトと仲良くしたいと思っているのだろう。幼いときから、あの妹を可愛がられていた。たとえいま仲違《なかたが》いしているように見えても、芯は変わらないはずだ。……いや、そうでなくては困るが」

セトウェルの声が次第に低くなり、最後は唸るように口の中で消える。

怒っていらっしゃるの？　――ファティはわけがわからないままに焦り、あの、あの、と繰り返してから言葉を引っ張り出した。

「ええと、ご夫婦なのに、ですか？　いまさら、仲良く？」

セトウェルはすぐには答えず、怖い顔のままで腕を上げ、はさむようにファティの頬を大きな手のひらで包んだ。

ファティはその手の力に逆らわず、口づけを受け入れる。触れるだけの柔らかいものだったが、何度も啄むようにして、セトウェルは長くそうしていた。

見下ろす形なのがくすぐったく、ファティは唇を重ねたまま知らず笑っていた。すると、セトウェルの黒い目に優しさが戻った。

「……王宮にいると、大事なものを見失うこともある。……そうだな、兄上たちが気づいて取り戻してくだされればよいと思うが、拗《こじ》れるとなかなか難しい」

「はい……？」

「兄上には諦めてほしくないな。あの方は……まあ、これ以上の興味を抱かれないよう、わたしも努力するべきか」

「……？」

「食事を続けよう」

セトウェルは笑いながら立ち上がり、首を傾げたファティの問いには答えなかった。

六章

王宮内に造られた太陽神殿は、国で最も壮麗な建物のひとつだった。

巨大な神像はすべて白く輝き、空を支える柱のように並び立っている。

その神像の膝と同じ高さのくり貫かれた四角い入り口をくぐれば、焚かれた香木の甘い煙で中は白くかすみ、天井付近から差し込む日射しでさえも装飾の一部のように、美しい細い筋となって重なり落ちていた。

どこからか、神官が朗誦《ろうしょう》する、大河の流れを思わせる低く心地のよい声が響いている。

「……すばらしいです」

セトウェルの隣を歩きながら、ファティは我慢ができず、そっと周囲を見回して感嘆した。

「マドュの神殿が、一番、素敵だと思っていましたが」

「マドゥはまだ新しいからな。西岸の墓所にあるハルゥ神殿もすばらしいよ」

ファティを見下ろし、セトウェルは目を細めた。

「いつか一緒に行こう。今は、太陽神への祈りが先だ。ほかの神々を語るのはよくない」

紅玉髄と琥珀を連ねた幅広の帯を巻いたファティの腰に手を当て、そっと押す。

太陽神殿に来たのは、大神官に感謝を告げるためだった。国土に大きな影響力を持つ大神官が、王の意向通りファティを王女と認め、神々に報告してくれたことに、直接、礼を述べなくてはならない。

「セトウェル様、ネフェルファティ様」

待っていた神官のひとりが、剃《そ》った頭を深々と下げ、少し先にある出入り口の先を示す。

「大神官様はただいま至聖所内におりますので、お部屋でお待ちくださいませ。お付きの方々はここまでになります」

神官は別の出入り口を手で示しながら、ふたりの背後からついてきていたパゼルを筆頭にした兵士たちと、女官アクミに指示した。

太陽神殿は多くの神官を抱え、王宮に勤める者たちの出入りも激しい場所だ。

とくに前庭は、警備を任されている兵士、供物を捧げ神に祈る者らが行き来する。

しかし至聖所付近は、近づける者が限られていた。王族――神である王の血を引く者たちはべつとして、神官でも地位が高い者だけだ。

「どうぞ、あちらでお待ちを」

「主のおそばで守るのが務めだ、神官殿」

「パゼル、神殿内だ」

前に出た小柄な部下を制し、セトウェルはファティの手を握り、示された出入り口に足を向けた。

「大して時間はかからないだろう、案じるな」

「……は」

「セトウェル様、アクミも?」

ファティは、握った手を引いて進むセトウェルと、背後で頭を下げる自分の女官を見比べた。

「ああ、そうだ。この先は、王族しか入れない。パゼル、アクミも頼むぞ」

「は？　……はい」

王宮の女官がめずらしいわけでもないだろうが、パゼルは目をしばたたいてアクミを見て、頷いた。アクミはその視線に眉根を寄せたが、「いってらっしゃいませ」と手本になるような礼を取り、ふたりを見送る。

奥は太い柱が並ぶ回廊になっていた。その通りに沿っていくつか設けられた部屋のひとつに入る。

回廊より一段低くなった床は緑色と金を帯びた石を使い、イチジクの木々が植えられた奥庭に直接出入りできるつくりになっていて、全体が明るく輝いていた。左右の壁は天井まで棚で埋められ、貴重な書物や瀟洒な置物が並ぶ。

中央には、めずらしい黒檀《こくたん》の長椅子が並べられていた。

「来たか」

そのひとつに腰掛けていたホルヘテプが、立ち上がった。

「兄上、お待たせしました」

「いや、わたしたちは先にミンティア姉上にご挨拶していた」

異母弟によく似た端整な顔をわずかに歪ませたホルヘテプは、声を低くして続けた。

「……おまえたちとも話がしたいと仰せだった」

「ミンティア姉上が？」

第一王妃スィウセルの娘ミンティア王女は、夫であったイムエフを亡くしてから、この太陽神殿にこもっている。

「うむ。――イメルティト？」

離れた椅子に座っていた王女は、声をかけられても立ち上がることもせず、ぷいっと横を向く。その動きで、玉髄《カルセドニー》が輝く幅広の金環を戴せた、黒くまっすぐな髪がふわりと揺れた。

「……妹よ」

ホルヘテプがさらに声を低くする。

「挨拶しなさい」

「えっ、いえ、あの、……イメルティト様、ご機嫌麗しく、嬉しく、思います！」

ファティは慌てて頭を下げ、両腕を出してぎこちなく挨拶した。

顔を上げると、ホルヘテプだけでなくイメルティトも不思議そうにファティを見ていた。

——間違えた？　ファティの胸中に砂嵐《すなあらし》のような風が吹いた。

「ファティ……」

くくく、と笑いながらセトウェルが、妻になる王女の肩を抱いて引き寄せた。

「よくできた、偉いな」

「ほんとうですか？」

「うん」

「……弟たちよ」

ホルヘテプは自分の胸の上で腕を組み、苦笑する。

「わたしは、イメルティトに挨拶しろと言ったのだが」

「——イヤよ」

ゆるんだ空気を嫌悪するように、イメルティトが夫の言葉を遮った。そして白いドレスの美しいひだを揺らし、サッと立ち上がる。

「イヤよ、認めないわ！　仲良くしろですって？　こんな、……こんなだれの種とも知れぬ娘と……！」

「イメルティト！」

甲走った声に被せるように、兄弟は同じ声を揃えて異母妹を制した。

「……ひどいわ」

イメルティトは声をふるわせながらセトウェルを、次いでホルヘテプを睨む。

「お兄様たちと親しく育ったのはわたくしなのに、そんな娘の肩を持つのね？　……わ、わたくしは、わたくしなんて……」

イメルティトは繊細な線を描く化粧墨で縁どった目で、青ざめたファティをチラリと見て、なにかを言いかけた。しかし結局、弾かれたように背を向け、早足で庭園のほうに向かっていく。

「待ちなさい！」

「あ、あの、わたしが……！」

後を追いかけようとしたホルヘテプよりもはやく、ファティは駆け出した。

女同士のほうがいいような気がしたのだ。マドュでともに暮らした子供たちもそうだった。異性が間に入ると、変に拗れることがある。

「だいじょうぶです、行ってきます！」

ファティ、と呼び止める声はセトウェルのものだったが、振り返らずに部屋を出た。

庭園はイチジクの木々が植えられ、高い壁の前にはヤシの木が並び、整えられた腰高の茂みが目隠しのように合間に広がっている。

イメルティトはイチジクの木の下に立ち、その根方に咲く淡い赤色の花を見下ろしていた。

「イメルティト様」

「……」

「おふたりが心配されますので……」

「心配？」

イメルティトは身体ごと振り返り、ふん、と鼻で笑った。

「心配なんてするものですか。お兄様はわたくしがいないほうがいいのよ。わたくしがいるから、ミンティア姉様はここにいなくてはならないのだもの」

「ミ、ミンティア様？　ですか？」

「そうよ！」

イメルティトは苛立ちを示して目を吊り上げ、声を高くする。

「本来なら姉様が、ホルヘテプお兄様の妻になられるはずなのよ。妻になって、やがては第一王妃に！」

ミンティアの生母は第一王妃スィウセルで、彼女が産んだただひとりの王女だった。王に玉座を与える、次の第一王妃を約束された王女だ。

「……でも姉様は、それではわたくしがかわいそうだからと。……わ、わたくしはべつにホルヘテプお兄様でなくてもいいのだけど、王が決められたから……、だからわたくしはお姉様に、それならばセトウェル兄様の妻になりますから、と言っていたのよ。なのに、おまえなんかが来て……」

「——イメルティト様！」

ファティは声を上げて、王女の言葉を遮った。

喋り続けるイメルティトの背後の茂みから、そのとき突然、痩せた男が現れたのだ。

神官だろうか、剃って青々とした頭部が汗で光っている。垂れる汗で汚れた顔は若いようだが、ひどく歪んでいた。

誰もいなかったのに。もともとそこに潜んでいたのだろうか——ファティは驚きに固まりながら、べつの意識で思った。

神殿の奥に入り込める者など、そう多くはない。

そんなことを思ったのはわずかな時間だった。突然現れた男は、ガサ、と音を立てて茂みから抜け出してくる。その手には、ごく細い銀色の筒のようなものが握られていた。

「なんなの、おまえ……きゃあ⁉」

物音と気配で気づいたイメルティトが、悲鳴を上げて前のめりによろけた。

その悲鳴でビクッと身体をふるわせたファティは、我に返るとともに進み出てイメルティトの手を取り、引っ張るようにして支えた。

イメルティトの肩越しに、男の手に握られたものが見えた。刺突《しとつ》用の剣だ。そう長さのないその剣先は黒く汚れている。

「……」

痩せた男がなにかを低くつぶやき、凶刃《きょうじん》を持つ手を振りかざした。

「……っ！」

ファティはイメルティトと抱き合うように腕に力を込め、ギュッと目を閉じた。

「――ファティ!!」

どん、と衝撃が背中を打ち、突き飛ばされる。

ファティは声のない悲鳴を上げて、イメルティトごと柔らかい土の上に転げた。

日射しで熱せられ乾いた土が、モウと煙のように巻き上がる。その濁った視界の外で、いくつも動く影とともに物音が響いた。

「無事か!?」

カタカタと震えるイメルティトを抱いたまま倒れていたファティの鼻先に、男の影が落ちた。セトウェルの声だと安堵して目を上げたが、逆光になったその男はホルヘテプだった。

「イメルティト！」

ホルヘテプはファティの手からもぎ取るようにしてイメルティトを引き上げ、力の抜けた身体に触れて確認する。

「……お兄様？」

「怪我は？　痛いところはないか!?」

「は、はい」

イメルティトは驚いたようにまばたき、それから恥ずかしそうに俯いた。

「わ、わたくし、汚れて」

「――よかった……！」

ホルヘテプは、身をよじるイメルティトを閉じ込めるようにしっかりと胸に抱き、太陽神への感謝をつぶやいた。

その様子を呆然と眺めていたファティは、ハッと身を起こした。

「セトウェル様？」

土煙に目を眇めながら、イチジクの木の脇に立つ背中に声をかける。

セトウェルの足元には、茂みから現れた男がうつぶせに横たわっていた。それを、右足で踏みつけている。

ホルヘテプは妻のもとに駆けつけたのに――一瞬、落胆で心が軋んだ。だがそうではないと、すぐにわかった。セトウェルは足で押さえたまま、あたりに目をやり警戒している。身を盾にしてまず脅威を払い、万が一もないようにしているのだ。

ファティは誇らしさを覚えた。王族でありながら、ただ守られる人ではない。自ら戦い、守ってくれる人なのだ、と。

セトウェル様にふさわしい妻になりたい――全身が痛んでいたが、ファティは起き上がり、しっかりと自身の足で立った。

「――もうひとり、とらえました！」

茂みをすり抜けて駆け寄ってきたのは、セトウェルの部下パゼルだった。素早く近づいてセトウェルの足が縫いつける男を膝で押さえつけ、見上げて頷く。

「ほかに危険はありません。神殿側には伝えましたが、王にも報告を出しますか」

「ああ、すぐに出せ」

「かしこまりました」

パゼルは背後を振り返って「おおい！」と仲間を呼んだ。

「――ファティ」

セトウェルが振り向いた。

強い日射しの下、端整な顔は強張り、青ざめている。

「だ、だいじょうぶです！」

ファティは慌てて、大きな声で答えた。

「わたしはだいじょうぶです、怪我もありません――きゃ……っ」

ひと息に距離を詰め、セトウェルはその勢いのままファティを抱きしめた。

硬い両腕がかすかにふるえていて、密着した肌から速い鼓動が伝わってくる。

「失うかと思った……！」

「……っ」

加減ができないのか、締めつけられて息が止まる。

しかしファティはたくましい背中に腕を回し、自らも力の限り抱き返した。

女官たちを連れてきたのは、神殿側だった。本来ならば入ることのできない区域だが、王族が襲われるような騒ぎの後だったので、いったん目をつぶることにしたらしい。

土の上に転げて汚れた王女たちは、女官たちに手を取られ、神殿の中へと戻っていく。

その後ろ姿に視線を当てたまま、セトウェルは追っていきたい衝動をこらえた。

傍らに立つホルヘテプがため息をつく。

「どう思う、セトウェル」

「……神殿に、手引きする者がいたはずです」

先ほどの襲撃で「おまえは男を！」と命じ、自分だけ妻のもとに駆け寄った異母兄を睨み、セトウェルは端的に答えた。

「いずれにしても、王にご判断いただくようになるでしょう」

ファティが部屋に入ったことを確認してから、ちらりと王宮のある方角に目を向けると、ホルヘテプは眉宇《びう》を寄せ、その視線を追った。

「イメルティトが狙われたものとは思えない。……イメルティトは、何度もお会いしている。命を取ろうと思っていたなら、いくらでも機会はあったはずだ」

「兄上?」

セトウェルは詰問するように、兄に目をやった。

異母弟に酷似した美しい形の唇を歪め、ホルヘテプは頷いた。

「ミンティア姉上だ」

「……っ」

セトウェルは息を飲んだ。まさか、なぜ? という言葉が喉の奥に貼りつく。

王の長子だったイムエフ王子の妻だったミンティアは、ふたりの異母姉でもある。王女は夫の死後、後宮にいる第一王妃の母のもとにも戻らず、神殿にこもっていた。

この太陽神殿に。

「セトウェル。新しい妹の話を聞いたとき、わたしは案じたよ。おまえも覚えているだろうが、王の寵を受けた女は、イムエフ兄上も気に入られていた。その頃のミンティア姉上のご様子は……」

ホルヘテプは言葉を濁し、肩を竦める。それで説明がつくというように。

ふたりは、ミンティアの実母である第一王妃スィウセルのもとで育った。当然、ミンティアと顔を合わせることは多く、スィウセルに毎日のように「子はまだか」と責められるのを見てきた。

そのたび青ざめて黙り込んでいた王女の横顔を思い出せば、心が痛む。しかし、いまは違った。痛みではなく、心臓の上を冷たいものが滑り落ちていった。

涙にくれるナルムティの上に、池で見つかった赤子の上に——次々とミンティアの姿が重なっていく。

「……まさか、ナルムティの娘だからというだけで？」

「それも、もちろんあるが」

ホルヘテプは、伏せた視線を素早くあたりに走らせた。ふたりきりであるのを確認したのだろうが、なおかつ、異母兄は声を潜めて続けた。

「——ネフェルファティは、王の子ではないのだろう？」

「兄上、それは……」

「わかっている。王が認められた以上、王女であることは覆さない。わたしがいずれ王になった後もな」

「……」

「それより、ナルムティといったか。とにかく姉上が憎んでいた女の娘で、父は、王かイムエフ兄上か……あるいはどちらでもないか。——南方に行っていたおまえは知らないだろうが、姉上は子がなかったせいか、ご自分の血に固執されるようになった。ネフェルファティを疎ましく思うのも、無理はないだろう」

「なんという浅薄なことを、姉上は……！」

ホルヘテプの言うようなことでファティを狙ったのだとしたら——全身の血が冷えていくのを感じた。怒りで目がくらむ。指先が痙攣するようにふるえ、セトウェルはきつくこぶしを握った。

「たとえ姉上をどうかすることがあっても、ファティには指一本、触れさせません。あの娘はわたしの妻になる。……兄上、どうかお力添えを」

ホルヘテプは目を瞠り、了承するようにひとつ頷いた。

「弟に頼られるのは嬉しいものだ。しかし昨夜も驚いたが、そこまで大事にしているのは意外だな。たしかに可愛らしい娘だ。おまえが妻にしてもいいと了承するのもわかるが……、まあ、王のために、か。仕方ないからな」

「——……!」

異母兄の言葉にカッと胸が煮え、セトウェルは怒気とともに言葉を飲み込んだ。

仕方ない? 王のため? ——そうだ、最初はそうだった、と認める。

それでも、この娘ならいいのにと思った出会いのときから、自分はファティを欲していた。ほんとうにナルムティの娘と知ったときには、神々の手に握られているという運命に感謝したのだ。

だがいまホルヘテプの言葉で引き起こされたものは、それらを飲み込んでふくれ上がった、もっと大きく強い感情だった。仕方ない? 王のため? ——いいや、違う!

「……兄上」

「どうした？」

「お考えになっていることは、きっかけに過ぎませんでした。王のためではなく、まして、ほかのなにかのためでもなく……」

セトウェルは自分の左胸に手を当て、指を広げて強く押した。

「わたしはいつのまにか、この心臓よりもファティを大事に思っていたようです」

＊　＊　＊

「襲われたと聞きましたが……」

アクミをはじめ、イメルティト付きの女官たちとともに身づくろいをしていたとき、部屋の出入り口に細い女性が現れた。

「まあ……、ミンティア姉様！」

ドレスの下部分に大きく褐色の汚れが付着したままだったが、イメルティトは優雅に頭を下げた。

濡れた手巾で顔を拭われていたファティもまた、素早く足元に跪いたアクミに促されるように立ち上がり、頭を下げる。

「突然、ごめんなさい」

ふふ、と笑いながら、ミンティア王女が入ってくる。

ファティとイメルティトを残し、女官たちは部屋の隅に並んで控えると、声が聞こえたのか、入れ替わるようにして、セトウェルとホルヘテプが庭園側から部屋に戻ってくる。

「姉上、……おひとりですか」

ホルヘテプが硬い声音で言った。

青金石と銀で拵えた装身具で身を飾ったミンティアは、三十歳を超しているとは思えない、ほっそりとした少女のような肢体をくねらせ、自分の背後を振り返った。

「そうね、だれも後をつけていなければ」

「……」

「いやだわ、怖い顔をして。わたくしの弟たち？」

揶揄《からか》うようなその言葉には答えず、セトウェルはファティに近づき、さりげなく背に庇《かば》って立った。ホルヘテプは妻を手招く。

「イメルティト、こちらに来なさい」

「え？　でも、お兄様」

「こちらに」

重ねて命じられてもイメルティトは反発せず、ほんのりと頬を染めてホルヘテプのもとに駆け寄った。

その異母妹の肩を抱いて、ホルヘテプは「セトウェル」と声をかける。

「使いが戻るまで、待つか？」

「いいえ、待てません」

振り返らず、セトウェルはミンティアだけを見据えたまま続ける。

「——姉上、なぜこんな真似を？」

「ええ？」

ミンティアは首を傾げた。胸元あたりまで伸ばされた黒髪が揺れ、毛先に飾られた青金石がチカッと光る。

「なぁに？　なんのこと？」

「……先程とらえた神官たちは、すべてを吐きましたよ」

「まあ」

ミンティアはまた、ふふ、と笑った。

「神官たちって？　わたくしがなにかしたと思っているの？　いやだ、わたくしはイムエフお兄様を亡くしてから、こうして神殿でおとなしくしているだけなのに」

「奴らが戻らないので、見に来られたのでしょう？」

「ええ？　なに？　なにを？」

「姉上……」

目を見開いたミンティアに、セトウェルはあくまで冷静な声で言った。

「襲った男たちは神官でした。……いま、あなたがおっしゃった通り、ここの、この太陽神殿の神官です。父王と大神官が知れば、ただごとでは済みませんよ」

「……まあ」

心外だわ、とこぼして、ミンティアはちらりと、セトウェルの背後に目を移した。

「おまえがなにを言っているのかわからないけど……、そちらは、あなたの妻になる子でしょう？　新しい王女だと耳にしたけど」

「……っ」

「わたくしのところに来て？　あなたに触れてみたいわ」

ファティは思わず、セトウェルの背にすがりついた。

――怖い。ほっそりとした美しい王女であるはずなのに、ひどく恐ろしかった。

美しい化粧をほどこしたあの黒い目に、言い知れぬものが潜んでいる気がする。

それに、差し出された細く白い手。その形のよい爪がなぜあんなにも黒いのだろう？

まるで――まるで、さきほど庭園で襲ってきた男が持っていた凶刃のように。

「……困ったわねぇ」

しん、と静まった部屋の中で、差し出した手を下ろすミンティアの衣擦れの音が、やけに大きく響く。

「ねえ、イメルティト？」

ミンティアは異母妹の名を優しく呼んだ。

「あなただって言っていたでしょう？　王はなぜあんな娘を王女にしたのかって。嫌いでしょう？　気に入らないのでしょう？」

「……お姉様？」

「わたくしも嫌いなの。気に入らないのよ。――ほんとうに、いやね、おまえ」

「え」

「あの女に似ているわ……！」

「ファティ！　聞かなくていい！」

パッと身体を返したセトウェルに、包み込むように抱きしめられる。

だがミンティアの次第に高くなっていく声は、突き刺すようにして耳に入ってきた。毒のように。

「あの女の娘なんですってね。……なんという名前だったかしら？　いいえ、名前は問題ではないの。あの女、……あの、女……！」

ミンティアは身じろぎひとつしないまま、声だけをわずかにふるわせた。

「……何年経ってもお兄様は忘れないのよ、わたくしに触れもしないで！　それがわたくしへの罰だとかおっしゃってわたくしに子を産ませないのよ！　わたくしのせいではないのに！——おまえ……、あの女！　あの女の娘だなんて……!!」

「姉上！」

「——うるさいわ！　姉ですって？　汚らしい他国の女が産んだ子供のくせに、このわたくしを姉などと……」

ヒュッ、と笛の音のような吸気の音を響かせ、ミンティアは一瞬、黙り込んだ。

そして炎を吐き出すように、彼女は大きく口を開く。

「——……わたくしを誰だと思っているのよ!!」

狂おしいものを孕んだ金切り声に、部屋にいた全員が慄然《りつぜん》とした。

「わたくしは王と第一王妃の娘よ、次の王のための玉座だというのに……どうしてわたくしが責められなくてはならないのよ!!」

ミンティアは腕を上げ、ひとりひとりを指差した。これほど激高していても微動だにしないその白い指の先は、墨を塗ったように黒い。

「全員、死んでしまえばいいのに！　あの女の赤ん坊のように。……ああ、そうよ、あの女だって死んでしまえばよかったのよ！　そうすればわたくしはイムエフお兄様を憎まずに済んだのに……!!」

「——……これは、なんとしたことだ」

突然、しわがれた低い声がその場に割って入った。

虚を突かれ、全員が声のしたほうを見る。それはミンティアでさえも例外ではなく、彼女は声の主を認めて目を見開いた。

「……王！」

「なんということだ、ミンティアよ」

太い縞柄の頭巾《ネメス》をつけたイメンカナティ王は、庭園側の出入り口から入ってきた。その背後に、パゼルをはじめ、王の衛兵たちが並んでいる。

「イムエフを憎むなど……、おまえ、おまえは、まさか」

王のやつれた顔に苦渋が滲む。

頓死《とんし》したイムエフの死因は、公式には病にされていた。しかし、密やかな噂が王宮から消えることはなかった。王でさえ不審に思っていたのかもしれない。

イメンカナティ王は低く呻いた。

「スィウセルになんと言ったらいい……？　おまえの母がどれだけ嘆くか」

「――お母様？　お母様は嫌い」

しかしその「母」という言葉で、愕然としていたミンティアはカッと目を見開いて、王に対し子供のように甲高い声で反駁した。

「嫌い！　わたくしが悪いと責めるのだもの。いつもいつも！　子ができないのはわたくしのせいではないわ！　わたくしに触れないイムエフお兄様が悪いのよ!!」

「ミンティア……」

「あの女の赤ん坊が死んだのだってわたくしのせいではないのに。そうよ、申し上げましたよね？　勝手に死んだのよ！　だから池に放ったの！　……なのに、あの女はまた子を産んだわ。王の娘？　お父様の子ですって？」

あはは、と狂った旋律で笑い、ミンティアは手を上げた。黒い指先が、まっすぐにファティに突きつけられる。

「――そんなはずないでしょう！　イムエフお兄様の子なのでしょう!?　あの女がわたくしに復讐《ふくしゅう》に来たのでしょう……!?」

「……っ」

ファティは俯き、身体を縮めた。手が冷たくなり、ふるえだす。

それに気づいたのか、セトウェルは身体を斜めにしてファティを抱え、背後のイメンカナティ王に目をやった。

「王よ、パゼルに報告させた通り、ネフェルファティとイメルティトは襲われました。……お聞きになった通り、姉上が」

「――よい、やめよ。聞きたくない。まさかと思ってきたが……」

王は痩せた身体をブルッとふるわせ、牧杖《ヘカ》を持った手を眼前で振った。魔を払うような仕草だった。

「おまえたち、ミンティアをとらえよ。軟禁し、常に監視させ、詮議《せんぎ》し――……」

不自然に言葉を切った王は、一瞬後、ふらりと身体を前のめりに倒した。

「王！」

近くにいたホルヘテプが慌てて手を差し伸べ、支えた。

王の手から牧杖が落ち、カラン、と硬い音を立てる。

「――……ッ！」

ミンティアが音の外れた悲鳴を上げた。


ファティはアクミとともに、王宮の奥にある自分たちの部屋へと慌ただしく戻された。

倒れた王のことや、幽閉されることになったミンティアの始末などのために、セトウェルは残ったのだ。代わりに、最も信頼するパゼルを護衛につけていた。

そのパゼルを伴って部屋に入ったファティは、淡い赤色をした床の上に悄然と立つ姿を見つけて声を上げる。

「お母様！」

ナルムティはハッと顔を上げてファティに駆け寄ると、頭から爪先まで視線を走らせた。

「……ああ、こんなに汚れて……！　痛くないの？　怪我は？　平気なの？」

「だいじょうぶよ……」

ファティの目にじわりと涙が浮かぶ。母に心配されると心の柔らかい部分をそっと押されるようで、子供のように甘えたくなる。

「ネフェルファティ様、わたしはお着替えの準備などしてまいります。どうぞ、ゆっくりお話しなさってください」

気遣うようにアクミが言い、所在なげに立ち尽くすパゼルに、コホン、と咳払いして促した。パゼルは困惑しながらも、女官の後についていく。

ふたりきりになった部屋で、ファティはこらえきれず泣きだした。

「わたし……っ、こ、怖かったわ……！」

「……」

ナルムティは黙ったまま、優しく包むようにファティを抱きしめた。

「……お母様のことを、言われたの」

目元をこすり、しゃくり上げてから続ける。

「あの女……って。赤ん坊を、池に……、恐ろしいことを……」

「……ミンティア王女にお会いになったのですね」

神殿での騒ぎは、まだ王宮には伝わっていないはずだった。だがナルムティは確信しているように言った。

「ご存じなの？」

「ええ。……ええ、よく知っています」

「……」

「アリウトは……、あなたの姉は、わたしの代わりに死んだのです。……イムエフ王子は、わたしのような者にも優しい御方でした。それがミンティア王女や……ほかの方々のお気に障ったのでしょう。アリウトも、わたしの夫も、わたしのせいで殺されたのです」

「……お母様……」

「ただの乳母であったというのに、しかも夫がいながら王の寵をいただいたわたしは、後宮中に憎まれました。わたしを害するのではなく、アリウトと夫を狙うことで苦しめたかったのでしょう。……はやく後宮を出るべきでした。ふたりが死んだのは、わたしのせいです」

「やめて」

ファティは母の身体に手を回し、ギュッと抱きついて、それ以上の言葉を拒否した。

「聞きたくない」

「ファティ……」

「以前、セトウェル様がおっしゃったわ。王宮は美しく恐ろしい場所だと」

「……」

「わたし、……わたし、なぜここにいるの？　お母様はそんなに苦しまれたところに、なぜわたしを連れてくることができたの……？」

「ファティ」

母の細い身体がふるえた。

ファティはゆっくりと腕から力を抜いて身を離し、母の顔を見つめた。

「……わたしは、だれの子ですか？」

七章

寝台の軋む音で、目が覚めた。

「……すまぬ、起こしたな」

セトウェルが寝台の端に腰を下ろしたところだった。暗がりにともる淡く黄みがかった灯りが、端整な顔を浮かび上がらせている。

「休んでいていい」

身体を起こそうとすると、大きな手が伸びて肩を押され、寝台に戻された。

その手に、そのまま頬を、額を撫でられる。硬く大きな手は乾いていて、心地よかった。

「熱はないようだな」

髪のひと房を持ち上げ、さらさらと指で梳きながら、セトウェルは安心したように言った。

「セトウェル様」

「どうした」

「……いえ、ご心配おかけして、申しわけありませんでした」

うっすらと微笑むと、セトウェルは表情を消した。

「ファティ」

呼びながら、被さるように上半身を倒してくる。耳元でギシリと寝台が鳴った。顔をはさむように肘をついたセトウェルに、間近で見下ろされる。

「ミンティア姉上がおまえを悩ませることは、もうけしてない。姉上だけではない、ほかのだれにもおまえを傷つけさせない。約束する。……だからなにも気にしなくていい」

「でも」

「おまえは王女だ」

素早く言って、セトウェルは小さな声を遮った。

「わたしの妻になる娘だ」

「……ですが、これからも、同じことで責められるでしょう」

王自身がその口で認め、セトウェルもおまえは王女なのだと、王の娘なのだと言う。

大好きな人の妻になれる喜びと、その熱い腕に抱かれることに浮かれ、目を逸らしてきた。

だが、きらびやかな黄金で飾られた足元は、あまりに頼りなかった。

——王宮は、美しく恐ろしい場所……。

「セトウェル様は、なぜわたしを王女にしたかったのですか?」

「わたしの妻にするためだ」

「なぜ、わたしを妻に……?」

セトウェルは右手を上げ、額にかかっていた髪を払った。

「……おまえを思ういまの気持ちを疑わないで聞いてほしい。……王が、わたしにおまえを妻に迎えよと命じられたのだ。見返りは、母だった」

「第三王妃様……?」

「そうだ。わたしの母は心を病んでいる。わたしが少年の頃、毒を飼われたのだ」

「え……」

「王は、母を故郷に帰すと約束した」

セトウェルの生母である第三王妃は、イメンカナティ王に差し出された他国の王女だった。後宮に納められた妃《きさき》を生国に戻した例はない。神々に捧げられる供物のごとく――彼女たちは死んだ後もこの国にとどめ置かれる。

「……王は、ご自分の死後、帰国を許すと。それが叶うようにしようと。だからマドュに行き、おまえに会った。――ファティ」

セトウェルは顔を上げ、両手でファティの顔を包み、ひどく間近から見つめてきた。

「おまえがだれの子であろうとかまわなかった。王がご自分の子であると認め、王女とするなら、それが真実になるのだから。……そして王女になれば、わたしの妻にできる」

「……」

ファティはすぐに答えなかった。ただゆっくりとまばたいてセトウェルを見つめ、困ったように小さく微笑む。

「わたしは、王の子だそうです」

「……っ」

セトウェルの黒い目の中で驚きが弾けるのを見て、ファティの胸中に名のつけられない感情が湧いた。

王の子。

セトウェル自身、信じてはいなかったのだ。だが、それでもファティを妻に迎えようとしている。──実母のために。

「……先程お母様は、わたしを王の子だと教えてくださいました。真実、王の血を引いていると。けして偽りではないと」

「ナルムティが……」

「わたしは、父を知りませんでした」

「……」

「お母様は、わたしが幼い頃、父のことを口にすると、ひどく取り乱したのです。訊いてはいけないことなのだと、わかりました。後には死んだ姉がいることも知りましたが、そのことも、あまり口にはしませんでした」

──わたしのお父様は？　どちらにいらっしゃるのですか？　と無邪気に尋ねた幼い頃、ナルムティは普段の厳しい姿からは想像できないほど顔を歪め、泣きだしたことがあった。

その様子があまりに異常で、記憶に焼きついた。

知ってはいけないこと、母が泣いてしまうことなのだ、と。

だから知らなくていい。気にしてもいけない……。

「でも知りたくて、……いいえ、父のことではなかったのです。父や姉のことではなく――もしかしたらわたしは、お母様のほんとうの子ではないのかもしれない、神殿に置いていかれた子供のひとりではないかと……」

でも、とふるえる唇で継いで、ファティはセトウェルを見つめた。

「お母様は、王との間にできた、ほんとうの子だと言ってくれました。自分の娘だから、好きになった人と結婚させてやりたかったのだと……」

潤んだ目に隠しきれないものが滲んで、こめかみを伝い落ちる。

だが、ファティは微笑んだ。

「……わたしも、父がだれでもよかったのです。お母様の娘で、そしてセトウェル様のそばにいられたら、と、狡《ずる》いことばかり願っていました。……ああ、わたしは、死者の国で心臓を食べられてしまうかも」

冥界の裁きでは、天秤《てんびん》で死者の心臓を量ると言われていた。生前の罪の重さで傾いたとき、怪物に食われると。

「そんなことはさせない」

セトウェルは低く唸るように言った。

「死者の国でもおまえを守ると、わたしは王の前で告げた。おまえのすべてはわたしのもので、神々にも、ひと欠片もくれてやるつもりはない」

「そんなこと……あっ」

セトウェルはファティの言葉を遮るようにして抱き起こし、力の抜けた身体を腕の中に閉じ込めた。

「わたしも、おまえの父がだれでもよかったのだ。王や、わたしの母のためだけではない。おまえを妻にと求めたのは、おまえを欲したからだ。――わたしがおまえを妻にしたかったからだ……！」

「……っ」

セトウェルが、荒々しく唇を重ねてきた。

髪を引かれて顎を上げると、角度を変えて強く押しつけられ、性急に舌が差し込まれた。絡まり、吸われ、わずかな痛みに呻く。

唇が離れ、はぁ、とファティが息を継ぐのを見つめ、セトウェルは目を伏せた。

「……初めておまえを見たとき、濡れたおまえを腕にしたとき――わたしはおまえが欲しくなった」

「……」

「おまえもわたしに興味を持ったのがわかった。王の言う娘が、この腕の中にある柔らかな娘であればよいのに……と、あのときたしかに思った」

セトウェルは言葉を切り、頬を触れ合わせ、耳朶に息を吹きかけるようにして続けた。

「その後、ナルムティに呼ばれて現れたおまえを見たとき、わたしがどれほど驚いて、どれだけ高揚したかわかるか？」

「あ……っ」

耳をくすぐる息はすぐに唇に変わり、湿ったそれにぱくりと耳朶を食まれた。ファティは背筋を駆け抜けた歓喜に、ビクッとする。

「おまえの父が王ではなかったとしても、それでも王女にして神々を偽ることも恐ろしくなかった。王女と認めさせ、わたしのものだと宣言し——」

「や……、セトウェル様……っ」

「おまえをわたしに縛りつけておけるなら、なんでもしようと思った。ファティ……」

耳から首筋を辿り、鎖骨に落ちた唇は、細いその骨を確認するように何度も食み、吸い上げて、赤い痕《あと》を刻んでいく。

「全部、わたしのものだ」

「……」

セトウェルに見上げられ、ファティの胸がズキッと痛んだ。

夜空のような黒い目には、渇望が浮かんでいる。ひどく美しく、ひどく淫靡なその輝きに鼓動が速まり、甘い熱が全身に素早くめぐっていく。

「……わたしは、セトウェル様のものです」

ふるえる手をセトウェルの頬に当て、ファティはささやいた。

「出会ったときから、すべて、あなたのものです」

「……」

「王女になることであなたを独り占めできるなら……わたしもなんでもしようと思ったのです。わたし自身を見てくれなくても、おそばにいられるなら、と」

「ファティ」

視線を合わせたままゆっくりとセトウェルが近づき、口づけで言葉を止められた。

「……おまえは何度言ったら、わかってくれるのだろう？　わたしは最初からちゃんと言ってきたはずだ。おまえを妻にしたい、いつもそばにいる、守っていくと。——わたしの心を疑わないでくれ。王女であってもなくても、おまえが大切だ。優しくて、傷つきやすいおまえが愛しい。この心臓を捧げても悔いはないほど、愛している」

「…………」

セトウェルの言葉のひとつひとつが、ゆっくりとファティの心に沁《し》み込み、国土に恵みをもたらす大河のように満ちていく。

黒い双眸を見つめたままファティは手に力を込め、愛する人とのもっと親密な抱擁を求めてすがりついた。

「セトウェル様……!!」

「ファティ……」

熱を孕んだ吐息とともに名を呼ばれ、唇が重なった途端、激しく貪《むさぼ》られた。

深い口づけを交わしながら、セトウェルは柔らかな身体に触れはじめた。華奢な肩を撫で、そのまま服を落としてしまう。

「……あ」

まろやかな乳房をすくうように手のひらで包まれ、親指の腹で頂きをこすられる。

「や、あ……っ」

上げた手で思わずセトウェルの腕をつかむと、セトウェルは伸《の》しかかるようにしてファティを敷布に横たえ、濡れた唇を落とした。

舌がごく優しく、赤く色づいた先端に触れる。そっと、まるで羽のように。

「ンぅ……!」

ファティは顔を横向け、丸めた指先で口元を押さえた。

セトウェルの愛撫だけでなく、硬く熱い身体の重みさえも心地よかった。触れ合うことで心がもっと、もっと満たされていく。

「ファティ、声を聞かせてくれ。わたしが気持ちよくさせていると、教えてくれ」

故意なのか、口に含んで舐め、吸い上げる濡れた音を立てる。

もう一方の乳房も手で包み、手のひらのくぼみで、硬くなった頂きを転がすように揉まれた。

「……や、セト、ウェル様……！　ああ……っ」

全身を貫いた愉悦に、ファティは息を切らして身をよじった。

ファティの腰と敷布の間に手を差し込んだセトウェルは、しなやかにくねる身体を持ち上げ、下腹部に残っていた服を一気に引き下ろした。膝のあたりで固まった服は、そのままファティの両足を揃えて拘束してしまう。

それ以上は脱がすつもりがないのか、セトウェルはその手でファティの柔らかな腹部を撫でた。手触りを楽しむように、円を描いて何度も。

ゆっくりとその円は下に向かい、臍《へそ》をくすぐり、足の間の翳りへと落ちていく。

「あ……っ」

まだ足は閉じたままだったが、腿を握るように弄りながら潜り込まれ、指の側面で長くそこをこすられた。

「……ああっ」

慎ましく閉じた割れ目を暴かれ、敏感なひだも、もっと感じやすい小さな突起も刺激される。

嬌声に重なり、くちゅくちゅ、と水音が寝台に響いた。

「……濡れているぞ、ファティ」

乳房から顔を上げ、セトウェルが嬉しそうに言った。

「このまま挿れてしまってもいいくらいだな」

「あっ、あ、やン……ッ」

突起を弄る指の動きが速められ、鋭い快感に何度も突き上げられる。

「や、や、あっ、セ、セトウェル、様、足が、足を……！」

「これか？」

腰をくねらせ、揃えた爪先でぎこちなく敷布を掻くファティの下肢を見下ろし、セトウェルは秘所を弄る手を外して、素早く服を取り去った。

そのまま身を起こし、自由になったファティの足を、自分の腰をはさむようにして広げさせた。

「や」

無意識に上げた手を中空でつかまれ、ギュッと握られてしまう。

セトウェルは、ファティの指先に口づけた。

「……どれだけ濡れているか、自分でたしかめてみろ」

「え？　……あっ」

強引にファティの手を、広げられほころんでいる割れ目に当てさせた。

自分の熱く濡れた感触が指先から伝わり、カアッと顔に熱が溜まる。

「や、やだ……っ」

「ほら、ここに」

しかし男の力に抗えず、指先は泥濘に沈むように、ぐちゅ、と音を立てて敏感な突起をかすめて埋まる。

「あ……っ」

セトウェルは握ったファティの手を上下に動かし、もう一方の自分の手で、蜜をこぼす入り口を探り、指を挿入した。

ファティはイヤイヤをするように頭を振り、仰け反った。

「……やっ、ああ……あ……っ」

握られた手が、自分の淫らな蜜で濡れていく。

蕩けた内部で動くセトウェルの指が二本に増やされ、強くこすりはじめた。そこは次第に熱さが増していき、もっと奥に、と飲み込むようにヒクついた。

「あっ、……あ……っ！」

「気持ちいいか？　もっと気持ちのいいところに、自分で触れてみろ」

「……やっ、いや……っ」

ファティは必死で顔を上げ、セトウェルの視線をつかまえて訴える。

「いや、セトウェル様、いやなの……！」

「ファティ？」

セトウェルは愛撫の手を止め、ファティの潤んだ目を見つめ返した。

「すまない、やりすぎたか？」

「……違うんです、あの、わたし……」

力をゆるめたセトウェルの手から慌てて引き抜いて、ファティは濡れた自分の指先に伝う雫から目を逸らした。

「ファティ？」

「……わ、わたし……！」

ギュッと目を閉じ、ファティはひと息に言った。

「セトウェル様の手で全部してほしいんです！」

「――」

息を飲んだ気配がして、ファティは我に返った。

淫らなことを口にしてしまった、と後悔する。してほしい、などと。

「あの、セトウェル様……きゃ！」

目を開けると同時に、男の身体にきつく抱き竦められた。

火照った肌が密着し、甘く密やかな官能の匂いが立ち上る。爪で引っ掻かれたように、腰から背中へとわななきが走った。

「……可愛いことを言う」

セトウェルがささやき、耳朶を舌で舐めた。

ひゃ、と間の抜けた声を上げて身を竦ませると、くくく、と笑われた。

「おまえは、ほんとうに可愛い……」

セトウェルは片手を下ろして身じろぎ、自身の猛《たけ》った欲を、濡れてヒクつくファティの秘所に当てた。

そのまま何度か先端でこすり、柔らかなひだの間に入れ、入り口をとらえる。

「ファティ」

愛しさを隠さず名を呼び、セトウェルは腰を突き入れた。

「ああ――……ッ!」

両腕でセトウェルにすがりつきながら、ファティは大きく仰け反った。

痛みはなかった。何度も愛されたそこはすでにセトウェルの形を覚え、嬉しげに迎え入れている。

それでも圧迫感で息が詰まり、下腹部に力が入った。

締めつけた内部で、セトウェルの雄がピクリと動く。

「く……」

小さく呻く低い声が耳を打ち、それさえも快感になって全身がくねった。それを求める合図と思ったのか――実際そうだったが、セトウェルは支配欲が満たされたように、唇に太い笑みを浮かべた。

「……わたしの王女は、淫らだ」

腰を揺すり、挿入した硬い先端で奥を突いてくる。

「淫らで、可愛い」

「やっ、痛い、あ、あっ」

内臓を押し上げられるような感覚に、ファティは「いや、いや」と繰り返した。だが痛みはすぐに甘い歓喜に変わる。

そのうちに律動が大きくなり、押し寄せる愉悦に言葉が意味をなさなくなった。

肘をつき、もう片手でファティを抱きしめながら、セトウェルは柔らかな身体を貪った。

交接の音が響き、荒い息遣い、喘ぐ声が混じり、淫らに溶ける。

「……ああー……ッ！」

ひと際大きく突き上げられ、痛いばかりだった奥に、強烈な快感が生じた。そのまま高みに押し上げられ、息を詰めて絶頂する。

「ファティ、……ファ、ティ……！」

搾《しぼ》り上げるように収縮した体内で、セトウェルも自身を解放したのがわかった。

「……あっ、ん、ん……っ」

奥に感じる熱い迸《ほとばし》りとともに、歓喜がまた押し寄せる。

「ああ……ッ！」

ファティは全身を強張らせ、もう一度、悦楽を味わった。

やがて自身を引き抜いたセトウェルは、敷布に突いた肘のほうへ身体を横向きに倒した。

「……ファティ」

仰向《あおむ》けのファティの下腹部を、大きな手のひらが撫でた。

「すまない、疲れたか？」

まだ放心しているように、目元を染めた顔でぼんやりしていたファティは、潤んだ目をしばたたかせた。

「……少し……、眠い、です」

「そうか」

身体を寄せ、セトウェルはそんなファティのこめかみに口づける。

「……眠っていい」

「でも……」

「身づくろいはわたしがする。眠れ、ファティ」

こく、と頷いて、ファティは目を閉じた。途端、落下するように、急激に意識が薄まっていく。

「愛しているよ、わたしの王女」

抱き締められる感覚とともに、ささやきが耳をくすぐった。

――わたしもです、セトウェル様。

しかし応えは言葉にならず、力強い腕に抱かれたまま、ファティは眠りについた。

＊　＊　＊

長子イムエフ王子の死去から不調はささやかれていたが、イメンカナティ王は今回、寝台から起き上がることもできなくなっているという。

その王のもとにファティが連れていかれたのは、騒ぎの翌日のことだった。

王のための寝所は、昼にもかかわらず暗く、香の匂いが立ち込めている。

巨大な天蓋のついた寝台でひっそりとひとり横になっていた王は、入ってきたファティとセトウェルを見て、やつれた顔にうっすらと笑みを浮かべた。

「……ナルムティが来たのかと思った」

「あ……、お母様を、お呼びしますか？」

「いいや、違う。そうではなく……若い頃の、出会った頃のナルムティのようだと思ったのだよ。おまえはよく似ている……」

セトウェルに促され、ファティは王の枕元に近づいた。寝台の脇に跪いて、王と目線を合わせる。

冠も頭巾《ネメス》もつけていない王は、短く刈った白い頭髪をしていた。目化粧だけはきちんとほどこされ、病を払う意味も込めて普段より太く塗られている。

「あ、あの……」

衝動のままに話しかけようとして、ファティは躊躇った。

しかし王は、薄く微笑んで頷いた。

「……余に、訊きたいことがあるのか？」

ファティは背後に立つセトウェルを見上げた。夫となる青年もまた頷くのを確認して、王に目を戻した。おそるおそる口を開く。

「あの……、わたしのお母様は、なぜわたしを連れて王宮から出たのですか？」

「……」

王は吐息をつくように笑い、ゆっくりと目を閉じた。

「王？」

ファティは思わずギョッとして手を伸ばした。息をするのをやめたのかと、死者の国へ行ってしまったのかと思ったのだ。

「ファティ」

背後から覆うようにセトウェルが抱きしめ、伸ばした手を止めてくれる。

同時に、王がパチッと目を開けた。

「余のせいだろう」

王は自嘲するようにそっけなく言った。

「余は、ナルムティを欲した。それが、はじまりだった。なにがあって余がナルムティに目を留めたか、そこまではおまえの知ることではないが……ナルムティは余の命に逆らえず、余のものとなった」

「……」

「だが同時に、ナルムティの夫も、最初の子も死なせてしまった。夫は役人だった。赴任先で落石事故に遭い、子は……アリウトといったか、あの小さな女の赤子は、ある日、死んで見つかった。後宮にある庭園の池で」

「……っ」

「犯人は見つからなかった。……ミンティアは、見つけたときに、赤子は死んでいたのだと言っていたな。その後、池に放り込んだと。真実かどうかはわからぬが……、だれがやったとて、おかしくはないことだった」

「……」

「ナルムティは余を許さなかった。……そうだな、だれを憎んでいいのか、わからなかったのだろう。むろん、余に逆らうことはなかった。だが心の内で――余にも支配できないその部分で余を恨み、憎んだ」

王はふぅ、と息をつき、追憶に浸るように目を閉じた。

「だが、そのうちに子を宿した。……余の子だろうと思った。だが、違うかもしれない、夫の遺した種かもしれぬ、あるいは、あるいは……、と。猜疑心《さいぎしん》に囚《とら》われ、ナルムティの産んだおまえを、我が子とは認めなかった」

「……」

「イムエフは……、あれは、よくできた息子だった。ナルムティを気にかけ、守っているようだった。だがそんな息子さえ、余は疑った。……ミンティアを罰することは、つらい。ナルムティの腹の子の親はイムエフなのかと、余こそが、誰よりもそう疑っていたのだから……」

王は言葉を切り、喉が渇いたのか、かすれた咳を繰り返した。

セトウェルが立ち上がり、背後の卓に用意してあった水差しを口元に当て、ひと口、ゆっくりと飲ませる。

ふぅ、と長く息を吐いて、年老いた王は続けた。

「……余は、ハルゥ神のための小さな神殿をマドュにつくり、そこにおまえを伴って移るのを許した。……憎しみに凝《こご》った目で見られることは、神々に撃たれるよりつらかった……」

王は不自然に言葉を切り、骨の目立つ節張った手を口元に当て、そのまま黙り込んだ。

どこからか風が入ったのか、ジ、ジとかすかな音を立てて小さな灯火が揺れ、寝台に横たわる王の影を揺らす。

ファティは見ていることができず、そっと目を伏せた。

――夫と子を持つナルムティを欲した王の想いが、ふたつの命を奪った。

だが、ファティは王に対し恐れ多いことだが、憐憫《れんびん》を覚えた。

神であると言われる王だが、人を愛する心はあるのだ。

ひとりを大切に思う心が。

そして大切なその人に憎まれることを悲しみ、つらいと思う心も。

それでも会いたいと願う心も――。

やがてイメンカナティ王は手を外し、ゆっくりとファティと、そして背後のセトウェルを見つめた。

「余の息子は、ネフェルファティを大事にしてくれているようで、嬉しく思う」

「……妻にすると決めたのは、わたし自身です、王よ」

「そうか。セトウェルにもすまないことをした。おまえの母も守ってやれなかった」

「……」

「だが約束は果たそう。次の王であるホルヘテプには、よく言い聞かせた。あれはイムエフに似て賢く、思慮深い。兄を支えてやってくれ」

「はい」

「もう下がれ、余は疲れた」

「あ、あの」

ファティは身を乗り出し、横たわる王に迫った。これだけは伝えなくてはならない。王の話を聞くうちに、そうしなくてはならないと思ったのだ。

「お母様は、わたしに教えてくださいました」

「うむ……？」

王が頷いて言葉の先を促したので、ファティは意を決した。

「——わたしの父は、王でございます」

「うむ……？」

王はぱちぱちとまばたきをして、中空を見つめたまま小さく笑った。

「そうだな、そうしておくのがよい」

王は、信じていないのだ。

ファティは寝台についた手を丸め、グッと力を込めた。さらに身を乗り出し、王の耳に――心に届くように訴える。

「偽りではありません。お母様はあらゆる神々に誓い、真実だとおっしゃいました。お母様の夫であった方は、お母様が王の目に留まったそのときから、一切、手を触れなかったそうです。イムエフ王子とも、そういう……その、関係ではなかったと」

「……」

「あの……王は、なぜわたしを、王女にされたのですか？　……わたしがご自身の子ではないと思っていらっしゃったなら、なぜでしょう？」

「……うん？　うむ、余にできる最後のことだと、思ったからだ。余は、おまえはイムエフの娘かもしれぬと思っていたし、違っても……」

言葉を切り、王は苦笑した。そして目を閉じて、はぁ、とため息をつく。

「……ああ、すべて詭弁《きべん》だ。余は、ナルムティに会いたかった。声を聴きたかった。ただそれだけだ。そのために、おまえを王女にしたのだよ、小さな娘」

王はごくゆっくりと身体ごとファティに向き直り、腕を伸ばして髪に触れた。

王は許しを請わない――請えない。

神なのだから。

老人特有の色の薄いその目に浮かぶものを見て、ファティはゆっくりと頷いた。

すると王の眦から、ついにひと筋、涙がこぼれた。

その感触を厭《いと》うように、王は顔を背けた。

「感謝しよう、ネフェルファティ。余の娘。余の王女。もう下がれ。……余は休む」

「……はい」

セトウェルに促され、ファティは立ち上がって寝台を離れた。

一度、振り返ると、巨大な寝台の上でひとり横になっている王は、眠りに落ちたのか動かなかった。

「王……？」

「だいじょうぶだ、行こう」

背に回されたセトウェルの手に押され、戻りかけるのを止められる。

ふたりが寝所の扉の前に立つと、巨大な青銅製の扉は音もなく開いた。

恐ろしいはずの地下の世界を、金箔《きんぱく》をほどこして美しく描いた壁にはさまれた通路には、頭を下げる侍従たちが揃っていた。

その中に――。

「お母様？」

開いた扉の縁がつく壁に貼りつくようにして、ナルムティが両膝を突き、身体を縮めていた。

——聞いていたのだろうか？　とファティは思った。母の、俯いた白く美しい顔が濡れている。

「お母様……」

ファティは母の薄い肩を抱き、そっと立たせた。

「……王を、お恨み申し上げておりました……」

ナルムティは素直に従い、伏せた目元から新たな涙をこぼし、小さな声で言う。

「……王が命じたことではないとわかっていても……わたしには、王を憎むことのほうが楽だったのです。でなければ、おまえのことまで憎んでしまいそうでした……」

「……」

「ナルムティ」

セトウェルはナルムティの背を押すようにして、開いたままの扉の奥へ送り出した。

「王のおそばに行くがいい。そのために王は、神々さえも偽る覚悟でファティを王女にし、おまえを呼んだのだから」

ナルムティはセトウェルを見上げ、それから寝所へと目を移し、頼りない足取りで進みだした。

眠る王に近づいていく。ゆっくり、ゆっくりと。

「しばらくそのままにしておくように」

セトウェルが、控えていた侍従のひとりに声をかけた。

心得ているのか、彼らは頷いて扉に手を添える。

「行こう、ファティ」

「はい……」

肩を抱かれて進みながら、ファティはそっと振り返った。

薄暗い寝所で、王と向き合う母がなにを思うのか、なにを語るのか知ることはない。ふたりの姿も、閉じられていく扉に隠されていく。

「ファティ」

心を残すファティを引き離すように、セトウェルは手に力を込め、自分の身体に押しつけて歩きだした。

寝所の近くから抜けると、通路の様子が変わる。日射しが降り注ぐ庭園に面し、まばゆいばかりに明るい。

黄金で飾られた円柱と、神々の像が交互に続く通路に、ふたりの足音が響いた。

「わたしは、おまえとめぐり合わせてくださった王に感謝している。お言葉通り、ホルヘテプ兄上を支えていこうと思う」

「……はい」

では、マドュに移るという話は？　と頭の片隅で小さな声がささやいた。しかしファティは声を打ち消し、もう一度、はい、と答えた。どこにいてもいい。ずっと一緒なのだから。

セトウェルが足を止めた。

頭を下げて見送る侍従も侍女もいない、通路の端だ。

角に立つ、雪花石膏《アラバスター》で作られたフゥト・ホル女神が微笑んで見下ろしている。胸の上で組んだ両手には、黄色い花を咲かせたヒナゲシが活《い》けられていた。

その像を背にファティと真向かったセトウェルは、日に焼けた端整な顔に優しい微笑みを浮かべた。

「悲しませることはけしてしない。死者の国に赴いて後も、おまえただひとりを愛する」

「はい……」

「わたしだけの王女でいてくれ、ファティ」

引き寄せられ、そっと抱きしめられる。

「王は長く苦しまれた。わたしは、同じ過ちは繰り返したくない。ずっと一緒にいてくれるか？」

「え!?」

ファティは弾かれたように顔を上げ、自分を包む腕に手をかけた。

「わたしを妻にしてくださるんですよね!?」

「……」

セトウェルは一瞬、目を見開いた。

「なにを、いまさら」

「だって、そんな、確認するようなことをおっしゃるから……」

慌ててファティが弁解すると、セトウェルは力が抜けたように額をファティのそれとくっつけ、くくく、と喉を鳴らすようにして笑った。

「そうだな、わたしが悪かった」

「はい」

額を離したセトウェルを追いかけるように見上げる。

「いつも一緒にいます、セトウェル様。いやだと断られても離れません。マドュでも南方の砦でも、たとえ砂漠に行かれてもついていきます。──だいじょうぶです、離れたときは、……そのときは、鳥撃ちのように棒を投げて、とらえさせていただきますから」

「……おまえは！」

声を上げて笑い、セトウェルは腕を回し、ファティを抱え上げた。

宙に浮かされたファティが驚いて、きゃ、と上げた声ごと奪うように音を立てて口づけし、また笑う。

「そのようなことはないと思うが、まあ、万が一のときはちゃんと当ててくれよ、ファティ。おまえが水に落ちて溺れたときは、わたしが捕まえて引き上げよう」

「ええ、と……？」

ファティは首を傾げる。

「棒を投げたわたしが水に落ちて、とらえられるんですか？　逆になっていませんか？」

セトウェルはそれには答えず、ファティを抱えたまま歩きだした。

恥ずかしがったファティが下ろしてくれ、と懇願するまで。

終章

増水季が明けた。

イメンカナティ王は一進一退を繰り返すものの、暑さが一段落つくと、容体は概《おおむ》ね安定した。

「お母様がそばにいるので、お元気になられたのよ」

女神像が差し出す手の棚に、小さな青い魚の壺を戻しながら、ファティは笑った。

しかしそうして王が持ち直したことで、延期が取り沙汰《ざた》されていた儀式は滞りなく行われることになったのだ。

――セトウェルと正式に夫婦になるための儀式が。

「ずっとお元気でいらっしゃってくださるよう、お母様からお伝えしてください」

「……ご自分でどうぞ」

背後に立つナルムティが渋面を作るのが、鏡に映り込む。

本心から嫌がっているのではなく、面映《おもはゆ》いのだろう、とファティは思った。

母は結局、マドュの神殿の長という地位を辞し、王宮に――王のそばに残ることにした。

近いうち、引き取っていた子供たちを呼び寄せるつもりだという。

子供たちはびっくりするだろう、と思うとまた笑いがこみ上げる。

我慢できずに身体を揺らすと、垂らした髪に香油をすり込んでいたアクミに注意された。

「動かないでくださいませ、ネフェルファティ様」

「あ、はい」

「お載せするのがこちらですから、気をつけないと……」

アクミは手を止めて髪の具合を確認しつつ、控える侍女が差し出していた冠を持ち上げた。

太陽を象徴する大きな円盤のついた冠は、幅広の輪の下に、糸のように繊細な黄金の長い飾りが垂れている。それはわずかな動きにも揺れ、光を受けて波のように輝いた。

ファティは鏡越しに、うっとりと見つめた。

「素敵ねぇ……」

「イメルティト様用に造られたものですから、ネフェルファティ様にはどうかと思いましたが。御髪《おぐし》にくせがございますから」

アクミはそうこぼし、それでもやはりファティと同じようにうっとりと冠を掲げた。

「美しいですわねぇ……」

数日前にイメルティトから贈られた冠は、ホルヘテプとの婚姻の儀式でつけたものだと言われた。

どうやら謝罪の証らしい。「ろくなものをお持ちではないでしょうから、差し上げるわ」

という伝言とともに、直接、ホルヘテプが届けに来た。

いずれ王となる青年は、妻も話したいと言っているから遊びにおいで、と誘ってくれた。

それに応えるまでに色々学ばなくては、とファティは決心している。

そして、ほかにもホルヘテプの口からもたらされた様々なことを、ファティは思い出した。

——太陽神殿に幽閉されていたミンティア王女は、実母である第一王妃スィウセルの預かりとなり、後宮に移されたこと。

同時に、スィウセル自身も、後宮での独自の交易などはすべて手放し、隠棲《いんせい》といっていい静かな暮らしをしていること。

セトウェルの生母、第三王妃ラフィアの帰国の件は、故郷の隣国からまず使者を招き、軋轢のないよう話を進めていること——。

「……王宮は、美しく恐ろしい場所……」

「は？　なにか？」

つぶやいたファティに、アクミが聞き返す。

「ううん、なんでもないの」

首を振り、ファティは鏡の中の自分を見つめた。

——わたしは変わらずにいられるだろうか、と思う。

ホルヘテプも、その妻であり、いずれ第一王妃となるであろうイメルティトも友好的だ。

いまは。

だが、この先は？

「……」

鏡の中の自分は、きらびやかに美しく着飾っている。目を縁どる化粧も、赤い唇も――この装いにも慣れた。

いつか、べつのことにも慣れていってしまうのだろうか。

「アクミ……」

「はい」

慎重な手つきで冠を載せるアクミは、半ば反射的に返事する。

「わたしの髪飾り、もう直せたかしら？」

「は？」

「腕輪に直すって言っていた飾りです。もともと腕輪だけど……、蓮の」

「ああ、はい、ええと、お待ちください、御髪に絡まってしまうと……」

「――ファティ」

セトウェルが部屋に入ってきた。

退いて控えるナルムティに頷いたセトウェルは、ファティの後ろに立ち、じっと見つめた。

「綺麗だ」

「ありがとうございます……」

そう言うセトウェルも、今日は王の息子にふさわしい、壮麗な装いだった。

褐色の肌の上に黄金と琥珀の装身具をつけ、王のネメスと同じ太い縞柄の頭巾の上には、翼をつけた日輪の飾りが光る。

引き締まった腹に幅広の飾り帯を巻き、二枚重ねた腰布、足には黄金のサンダル。

夫となる青年の凜々《りり》しさに見惚れ、ファティはため息をついた。

「……セトウェル様、それは？」

軍人らしく、大きな手には黄金細工の細い剣が握られていた。その柄に引っかけるように、不自然なものが下がっている。

「おまえの飾りだ」

セトウェルはそれを抜き取り、大きな手のひらに載せて差し出した。

「いま、工房から届けられた」

「……っ」

ファティはパッと立ち上がった。冠の繊細な飾りを直していたアクミが悲鳴を上げたが、耳を素通りしていく。

セトウェルの手にあるのは、髪飾りにしろと最初に贈ってくれた腕輪だった。

蓮を象る白と緑のガラスなど原型はそのままに、黄金を使い美しく造り直されている。だが、たしかに同じものだった。

「これで王女の飾りとして、いつもつけていられるだろう?」

「はい!」

笑顔で受け取ると、セトウェルはその様子に目を細めた。

「形は少し変わったが、これを贈ったときのわたしの気持ちは同じままだ。いや、そのときよりもっと強くおまえを思っている。この先も、ずっと変わらない」

「……はい」

腕輪を抱くように包んで、ファティは頷いた。胸が詰まり、言葉にならない。

——変わることを恐れなくてもいいのだ。

こうして、もっと美しく変わるものもあるのだから……。

「ファティ、わたしの王女。わたしの妻」

身を屈めたセトウェルが、ファティの頬に口づけた。

「愛している。——わたしだけの王女」

あとがき

このたびは「王家の秘事」をお手にとっていただき、誠にありがとうございました。

今作もこの舞台です。またか！　はい！　エジプト作家（by編集者様）本望っ！

王宮でのドロドロを、と書きだしたのですが、王家の女性たちの声ばかり大きく、庶民育ちのファティはどうしても遠慮がちになってしまいました。

編集者様の「よくパンを落とすヒロイン」との感想、忘れられません。いつもいつもありがとうございます。

幸村佳苗先生、お忙しい中ほんとうにありがとうございました。イメージ以上のキャラたちに大興奮しました！　セトウェルの色気がもう……腹筋が……もう！

家族、友人T、そして読んでくださった方々に心から感謝いたします。少しでも古代エジプトを感じて楽しんでいただけましたら幸いです！

夏井由依

本作品は書き下ろしです

夏井由依先生、幸村佳苗先生へのお便り、
本作品に関するご意見、ご感想などは
〒101-8405
東京都千代田区三崎町2-18-11
二見書房　ハニー文庫
「王家の秘事」係まで。

Honey Novel

王家《おうけ》の秘事《ひめごと》

【著者】夏井《なつい》由依《ゆえ》

【発行所】株式会社二見書房
東京都千代田区三崎町2-18-11
電話　03(3515)2311［営業］
　　　03(3515)2314［編集］
振替　00170-4-2639
【印刷】株式会社堀内印刷所
【製本】ナショナル製本協同組合

落丁・乱丁本はお取り替えいたします。
定価は、カバーに表示してあります。

ISBN978-4-576-16061-0

http://honey.futami.co.jp/